ミス・ビアンカ

くらやみ城の冒険

マージェリー・シャープ作
渡辺茂男訳

岩波少年文庫 233

THE RESCUERS

Text by Margery Sharp
Illustrations by Garth Williams

First published 1959
by William Collins Sons & Co., Ltd.

First Japanese edition published 1967,
this paperback edition published 2016
by Iwanami Shoten, Publishers, Tokyo
by arrangement with the author
c/o Intercontinental Literary Agency, London.

もくじ

日本のみなさまへ

もくじ

さし絵　ガース・ウィリアムズ
カバー背景画　堀内誠一

日本のみなさまへ

親愛《しんあい》なる日本のみなさま

わたくしがお国からこんなにはなれたイギリスで書きました、囚人友《しゅうじん》の会のお話を、みなさまがよろこんでお読みくださっているとうかがって、わたくしの胸《むね》は、幸《しあわ》せと誇《ほこ》りに高鳴っております。ミス・ビアンカもよろこびにやさしくひげをみなさまにむけてさしのべ、バーナードは、二歩うしろにさがり、一歩まえにすすみでて、頭をさげております。

ごきげんよう

愛《あい》をこめて

マージェリー・シャープ

ミス・ビアンカ

くらやみ城《じょう》の冒険《ぼうけん》

1

◇◇◇◇◇

囚人《しゅうじん》友の会総会《そうかい》

1

「紳士淑女《しんししゅくじょ》のみなさん、」ねずみの婦人議長《ふじんぎちょう》が、声をはりあげました。「さて、いまから、わたくしどもの、この秋の計画のうち、もっとも重要《じゅうよう》なことがらを、議題《ぎだい》としてとりあげます。みなさん、事務局長《じむきょくちょう》の発言《はつげん》に、ご静聴《せいちょう》ねがいまーす！」

囚人《しゅうじん》友の会の総会《そうかい》が、おこなわれていたのです。ご存《ぞん》じのように、ねずみは、囚人《しゅうじん》のよき友です。おなかがすいていなくても、囚人《しゅうじん》といっしょに、かわいたパンくずをかじったり、さびしい時間をすごしている囚人《しゅうじん》を、ほがらかにしてやるために、自尊心《じそんしん》の高いねずみなら考えもしないような、ばかげた悪《わる》ふざけのお相手《あいて》をつとめたりするのです。それにしても、ねずみたちが、こんなにすばらしい会をつくっているということは、あまり知られていないでしょう。

どこの国のどこの監獄《かんごく》にも、このすばらしい、世界的《せかいてき》なねずみの会の支部《しぶ》があるのです。記録《きろく》によれば、大昔《おおむかし》、一ぴきのノルマンディーねずみが、船に乗《の》って、はるばるトルコにわたり、コンスタンティノープルの監獄《かんごく》にとじこめられていた、フランス人の船乗《ふなの》りの少年の相手《あいて》をつとめた、ということです。そのねずみを記念《きねん》して、ジャン・フロマージュ勲《くん》章《しょう》がつくられました。

さて、事務局長《じむきょくちょう》が立ちあがりました。議長《ぎちょう》ねずみは、きれいにみがかれた、クルミのからのいすにすわりました。そして、りこうそうな目で、白髪《しらが》のふえてきた、事務局長《じむきょくちょう》ねずみの背中《せなか》を見つめました。

彼女《かのじょ》は、どれほど、この議題《ぎだい》を、自分でもちだしたかったことでしょうか！　困難《こんなん》と危《き》険《けん》にみちた、この計画のことを！　忠実《ちゅうじつ》な、年とった仲間《なかま》の事務局長《じむきょくちょう》に、みんなをふるいたたせるような弁舌《べんぜつ》があるでしょうか？　しかし、規則《きそく》は、規則《きそく》です。

彼女《かのじょ》は、真剣《しんけん》に、そこに集《あつ》まったねずみたちの顔を、見わたしました。どの会員《かいいん》が、彼《かの》

EXIT

女《じょ》の提案《ていあん》に賛成《さんせい》してくれるでしょうか？　少なくとも百ぴきのねずみが、きれいなマッチばこのいすにすわって、ずらりとならんでいます。その会議場《かいぎじょう》は、特別《とくべつ》すばらしいものでした。そこは、大きな、からの酒《さか》だるのなかで、底《そこ》のせんの穴《あな》が入口となり、湾曲《わんきょく》したすばらしい壁《かべ》が、大寺院《だいじいん》のなかを思わせるように、高い天井《てんじょう》までつづいています。演壇《えんだん》のうしろには、ごうかな額《がく》にはめられた油絵《あぶらえ》がかかっています。その絵は、とらわれたライオンを助《たす》けだすという、イソップの童話《どうわ》にでてくる勇敢《ゆうかん》なねずみを描《えが》いたものでした。

「さて、つまり、」と、事務局長《じむきょくちょう》ねずみが、いいはじめました。「諸君《しょくん》、ご存《ぞん》じのくらやみ城《じょう》に……」

それをきいて、会議場《かいぎじょう》のねずみが全員《ぜんいん》、身《み》をふるわせました。ねずみたちの住《す》んでいるこの国は、まだ、ほとんどひらけていないのです。灰色《はいいろ》の山やまがつらなり、いくつもの大きな砂漠《さばく》がひろがり、ねじられた海のような川が、何本も流《なが》れています。わずかばかりの町や、この首都《しゅと》でさえ、囚人《しゅうじん》たちの生活は、みじめなものです。ましてや、くらやみ城《じょう》ときたら！

くらやみ城《じょう》は、数ある川のなかでもいちばん流《なが》れのはげしい川の、崖《がけ》っぷちに、そそりたっていました。そしてその崖《がけ》のなかをほって、地下牢《ちかろう》がつくられていました――もちろん窓《まど》などありません。いちばん勇敢《ゆうかん》なねずみでさえ、くらやみ城《じょう》へ派遣《はけん》されると、おそろしい鉄《てつ》のきばのある大きな門のまえで、ふるえるのでした。

いちばんまえの席《せき》から、事務局長《じむきょくちょう》とおなじくらい年よりの、リューマチにかかったようなねずみが、発言《はつげん》しました。この年よりねずみは、ジャン・フロマージュ勲章《くんしょう》をさげていました。

「わしは、くらやみ城《じょう》を知っとる。そこに、六週間ほど、おったからの。」

年よりねずみのまわりから、どよめきがおこりました。

「しずかに、しずかに！」「なんと、勇《いさ》ましいやつだ！」と、ほかからもはげましの声が、かかりました。

「しかし、なにもせなんだ。」と、年とった英雄《えいゆう》は、しずんだ声でいいました。「わしが、どんな危険《きけん》な目にあったかは、なにもいうまい――だが、監獄長《かんごくちょう》のかいねこは、なんというおそろしいねこだったことか。大きさは、ふつうのねこの二倍《ばい》、そして、そのどう猛《もう》さは、ふつうのねこを四ひきあわせたくらいはあろう！――わしのいいたいことは、くらやみ城《じょう》の囚人《しゅうじん》、地下牢《ちかろう》の囚人《しゅうじん》には、たとえ、ねずみといえども、なにもしてやることはできん、ということじゃ。わしのことを、敗北者《はいぼくしゃ》とよびたくば、よべ――」

「いや、そうじゃない!」と、うしろのねずみが、さけびました。

「――だが、わしは、わしの悲《かな》しい経験《けいけん》から話しているのだ。わしは、囚人《しゅうじん》のために、なにもしてやることができなんだ。囚人《しゅうじん》のところへ近づくことさえ、できなかったのじゃ。くらやみ城《じょう》の囚人《しゅうじん》を、元気づけてやることはだれにもできん。」

「しかし、彼《かれ》を、救《すく》いださなければなりません。」と、議長《ぎちょう》ねずみがいいました。

2

議場《ぎじょう》は、しんとしずまりかえりました。第一に、議長《ぎちょう》ねずみは、とちゅうで口をはさむべきではなかったのです。第二に、彼女《かのじょ》の提案《ていあん》は、あまりにもおそろしく、だれも考えもしなかったようなことなので、ねずみたちは、あきれて口もきけなかったのです。

「事務局長《じむきょくちょう》、失礼《しつれい》をおゆるしください。」と、議長《ぎちょう》ねずみは、あやまりました。「つい、演説《えんぜつ》にひきこまれてしまったものですから。」

「どうやら規則《きそく》が無視《むし》されてしまったようじゃから、あなたが、いっそ自分で発言《はつげん》したらどうだ。」と、事務局長《じむきょくちょう》が、ふゆかいそうにいいました。

婦人議長《ふじんぎちょう》のねずみは、そのとおりにしました。血筋《ちすじ》ほど、ひとに自信《じしん》をあたえるものはありません。彼女《かのじょ》は、世《よ》に名高い「盲目《もうもく》の三勇士《ゆうし》」の、いちばん上の兄の、直系《ちょっけい》の子孫《しそん》でした。おちついて、ひげをなでつけながらいいました。

「あまり例《れい》のない囚人《しゅうじん》なのです。」と、婦人議長《ふじんぎちょう》は、おだやかにいいました。「じつは、この囚人《しゅうじん》は、詩人《しじん》なのです。詩人《しじん》といえば、みなさんは、かならずや、わたくしども、ねずみ族《ぞく》のことをほめうたってくれた、多くの詩人《しじん》たちのことに、思いをはせるでございましょう。——小ねずみの、歩み入り、また出るごとく、ペチコートにかくれた、美《うつく》しき彼女《かのじょ》の足——英国《えいこく》の詩人《しじん》サックリングの詩《し》でございますが——なんと、魅力《みりょく》にみちたほめことばでしょう！　ですから、囚《とら》われの詩人《しじん》も、わたくしどもの、特別《とくべつ》の好意《こうい》をうけるべきではありませんか。」

「それなら、詩人《しじん》が、どうして監獄《かんごく》に入ったんだ。」と、うたがわしそうな声が、とんできました。

議長《ぎちょう》ねずみは、ビロードのようにつややかな両肩《りょうかた》をすくめました。

「たぶん自由詩《じゆうし》を書くからでございましょう。」と、うまくいいのがれました。

その答えに拍手《はくしゅ》がわきました。ねずみたちは、すべての人間が自由《じゆう》であることをのぞみます。そうすれば、ねずみたちも、囚人《しゅうじん》をはげますという永遠《えいえん》につづきそうな仕事《しごと》から解《かい》放《ほう》されて自由《じゆう》になるからです。――そうなれば、すえたパンだけ食べたり、しめったわらの上で寝《ね》るかわりに、おいしいチーズをかじりながら、家でくつろぐことができるのです。

「わたくしのいうことが、おわかりいただけたようですね。」と、議長《ぎちょう》ねずみはいいました。「これは、特別《とくべつ》の場合なのです。わたくしたちは、彼《かれ》を救《すく》いださねばなりません。その囚人《しゅうじん》は、ノルウェー人であるということも、お話ししておかなければなりません。――どうぞ、どうして、彼《かれ》が、そこにいるのか、わたくしにきかないでください。詩人《しじん》にかわってこたえるなどということは、できるものではありません。しかし、はじめにやるべきことはあきらかです。ノルウェーのねずみに連絡《れんらく》をとり、ここにきてもらうことです。おなじ国のねずみなら、囚人《しゅうじん》と話が通じますから。」

二百の耳が、りこうそうに、ぴくつきました。ねずみたちは、世界共通《せかいきょうつう》のねずみ語と、自分たちの住《す》んでいる国のことばを話せます。けれども、囚人《しゅうじん》たちは、ふつう、自分の国のことばしか話せませせん。

「でありますから、ノルウェーのねずみを、ここにつれてこなければなりません。」と、議長《ぎちょう》ねずみは、要点《ようてん》をくりかえしました。「そして、彼《かれ》を、くらやみ城《じょう》に送《おく》るのです。」

「ちょっと、まちなされ。」と、事務局長《じむきょくちょう》がいいました。

議長《ぎちょう》ねずみは、だまらなければなりませんでした。

「わたしは、おそらく、だれにもまして、議長《ぎちょう》のりっぱな精神《せいしん》に感服《かんぷく》しとるつもりだが、女性的《じょせいてき》な情熱《じょうねつ》のあまり、この仕事《しごと》が、いかに困難《こんなん》なのかわすれてはおらんかな。まず、はじめに、いきなりノルウェーから、ねずみをつれてくるとは！　もし、できるとしても、どれほど日数のかかることやら。」

「ジャン・フロマージュのことをおわすれですか！」議長《ぎちょう》ねずみは、けんめいにいいかえしました。

「ジャン・フロマージュのことなら、しかとおぼえている。名なしのごんべえならいざ知らず、ふつうのねずみなら、彼《かれ》の名をわすれるものか。」と、事務局長《じむきょくちょう》はいいました。「しかし、彼《かれ》とても、いきなりではなく、まえもって連絡《れんらく》をうけておったのだ。それに、旅《たび》をすることは、昔《むかし》ほどらくではなくなっている。」

大きな会合というものは、はげしく意見《いけん》のゆれ動《うご》くものです。いまや議長《ぎちょう》ねずみのたくみな演説《えんぜつ》は、すっかりわすれられて、事務局長《じむきょくちょう》の意見《いけん》に同意《どうい》するつぶやきが、会場をみたしました。

「その昔《むかし》、」と、事務局長《じむきょくちょう》はつづけました。「車という車が、馬にひかれていた時代《じだい》には、ねずみは、ヨーロッパの半分をのんびりとよこぎることができたものだ。設備《せつび》のよい乗合《のりあい》馬車《ばしゃ》にのって、座席《ざせき》のあいだに、いごこちのよい小さな巣《す》をつくり、三度三度、かいばぶくろにしのびこんで食事《しょくじ》をする。なんとたのしかったことか！ ——おひゃくしょうの荷《に》馬車《ばしゃ》は、さらによかったものだ。足をゆったりとのばせる広さがあったし、食事《しょくじ》ときたら、いつでも食べほうだい！ 古い木製《もくせい》の鉄道貨車《てつどうかしゃ》でさえ、ひどいもんじゃあなかったなあ——」

「ちかごろは、鉄《てつ》でできている。」と、うしろの方から声がありました。「鉄板《てっぱん》をかじっがいるんだが、あれには、だれか乗っているかね？」と、事務局長《じむきょくちょう》はつづけました。「いま、だれかがいったように、乗《の》りこむことは、ほとんど不可能《ふかのう》じゃ。自動車《じどうしゃ》は、よく犬が乗《の》っているという事実《じじつ》をのぞいても、せまい車内は、人目につきやすい。では、船では、といわれるかもしれんが、ここからいちばん近い港《みなと》まで、百五十キロメートルほどもある。ゆうびん馬車や、自家用馬車などのないこの時代《じだい》に、議長《ぎちょう》、牛乳《ぎゅうにゅう》はこびの馬車を乗《の》りついでいくとしたら、百五十キロいくのに、どのくらいかかるとお考えかな？」

「じつのところ、」議長《ぎちょう》ねずみは、さわやかにこたえました。「わたくしは、飛行機《ひこうき》を考えておりました。」

会場のねずみたちは、あっと息《いき》をのみました。飛行機《ひこうき》だって！　飛行機《ひこうき》で旅行《りょこう》をすることは、みんなの夢《ゆめ》です。しかし、汽車に乗《の》りこむことさえむずかしいのに、飛行機《ひこうき》とは、まさに不可能《ふかのう》ではありませんか！

「わたくしの考えておりましたのは、」と、議長《ぎちょう》ねずみは、ひきつづきいいました。「ミス・ビアンカです。」

ねずみたちは、また、息《いき》をのみました。

3

ミス・ビアンカの名まえは、みんな知っていましたが、だれも彼女《かのじょ》を見たことはありませんでした。

ミス・ビアンカについては、大使《たいし》のぼうやにかわれている白ねずみで、大使館《たいしかん》のべんきょう部屋《べや》に住《す》んでいる、とだけしか知られていません。そのほかのことは、まるで、夢《ゆめ》のようなうわさ話ばかりでした。たとえば、彼女《かのじょ》の家は、せとものの塔《とう》だとか、食事《しょくじ》は毎度《まいど》、銀《ぎん》のボンボン皿《ざら》にのせてだされるクリームチーズばかりだとか、ふだんは、銀《ぎん》のネックレスをつけていて、日曜日になると、金のネックレスにかえるとかいう話でした。また、ミス・ビアンカは、目を見はるばかりの美《うつく》しさで、しかも、たいへんな気どりやだということでした。

「わたくしの知りましたところでは、」議長《ぎちょう》ねずみは、彼女《かのじょ》の発言《はつげん》で、ねずみたちが、興《こう》奮《ふん》してしまったようすを、まんぞくそうにながめながら、話しつづけました。「大使《たいし》は、最近《さいきん》、転勤《てんきん》を命《めい》ぜられまして、二日以内《いない》に、飛行機《ひこうき》でノルウェーにたつそうでございます。ぼうやは、もちろん大使《たいし》といっしょにいきます。そして、ぼうやといっしょに、ミス・ビアンカも、──正確《せいかく》にもうしますと、外交官用《がいこうかん》かばんのなかに入って──いきます。飛行《ひこう》機《き》の上で、だれも、そのかばんを検査《けんさ》いたしません。彼女《かのじょ》は、外交官特権《がいこうかんとっけん》のおかげで安心《あんしん》していられるのです。ですから、彼女《かのじょ》こそ、わたくしたちの使命《しめい》を遂行《すいこう》してくれる最適《さいてき》のひとなのです。」

ここまでくると、ねずみたちも、考えるよゆうをもったようです。何人かが同時に発言《はつげん》しました。

「そのとおりだが──」と、いいかけると、

「だがといいますと？」と、議長《ぎちょう》は、するどく問《と》いかえしました。

「彼女《かのじょ》こそと、あなたは、おっしゃるが、」と、みんなにかわって、事務局長《じむきょくちょう》がききました。「ほんとに、そうだろうか。きくところによれば、ミス・ビアンカは、のんびりと、このうえないぜいたくな暮《く》らしをして育《そだ》ってきたというが、勇気《ゆうき》と、ずぶとい神経《しんけい》をじゅ

うぶんそなえているだろうか。だれが選《えら》ばれるかしらんが、そのノルウェーねずみは、どうやって、彼女《かのじょ》と連絡《れんらく》をとればいいのかわからんだろう。とすれば、彼女《かのじょ》のほうから、ノルウェーねずみに連絡《れんらく》をとらねばなるまい。彼女《かのじょ》に、それだけの知恵《ちえ》があるかどうかも、うたがわしい。あなたの計画は、まったくあっぱれだ。しかし、少なくともわたしは、その実行《じっこう》の可能性《かのうせい》については、大きな疑《うたが》いをもつものだ。」

「時がたてばわかりましょう。」と、議長《ぎちょう》ねずみはいいました。彼女《かのじょ》も、心のなかでは疑《うたが》いがあったのですが、自分とおなじ女性《じょせい》に対《たい》して、絶大《ぜつだい》な信頼《しんらい》をもっていました。いずれにしても彼女《かのじょ》は、議論《ぎろん》にまきこまれるようなへまはやりませんでした。

「どなたか、このなかに、」と、きびきびといいました。「大使館《たいしかん》からいらっしゃっているかたはおりませんか?」

すべてのねずみたちは、しばらく、答えをまちました。すると、うしろのほうで、ちょっとした、おしあいがありました。いやがるだれかを、まわりのものが、まえへおしやっているような気配《けはい》です。そして、とうとう、背《せ》のひくいがっしりした若《わか》いねずみが、重《おも》い足どりで演壇《えんだん》のほうへすすんできました。あかぬけしていないけれど、まじめそうでした。

みんなは、そのねずみが、料理部屋《りょうりべや》ではたらいているときいて（議長《ぎちょう》の問《と》いにこたえてそういったのですが）、なるほどとうなずきました。

「バーナード、あなたも、ミス・ビアンカにあったことはないと思いますが、いかがでしょう？」と、議長《ぎちょう》ねずみは、やさしくいいました。

「まさか、ぼくが。」と、バーナードは、もじもじこたえました。

「彼女《かのじょ》のところに、いくことはできますね？」

「なんとか。」バーナードは、ふとい足をもぞもぞ動《うご》かしながらこたえました。

「では、ただちに、彼女《かのじょ》のところへいってください。」と、議長《ぎちょう》ねずみはいいました。

「そして、この会議《かいぎ》に参加《さんか》したみなさんからよろしくとつたえ、情況《じょうきょう》を説明《せつめい》し、ノルウェーでいちばん勇気《ゆうき》のあるねずみをさがし、この会議場《かいぎじょう》へ送《おく》るように、たのんでください。」

バーナードは、また、ふとい足をもぞもぞさせました。

「でも、いやがったら、どうします、議長《ぎちょう》さん？」

「その時は、あなたが説得《せっとく》するのです。」と、議長《ぎちょう》ねずみはいいました。「必要《ひつよう》とあらば、おどかしてもかまいません！　――その胸《むね》にさげているのは、なんですか？」

バーナードは、わざと、目をほそめて胸《むな》もとを見おろしました。荒《あら》い毛があつくはえているので、勲章《くんしょう》は、ほとんどかくれて見えませんでした。

「タイボルト勲章《くんしょう》です、議長《ぎちょう》さん……」

「ねこに対《たい》する勇気《ゆうき》のために、あたえられたものですね。」と、議長《ぎちょう》ねずみは、うなずきました。「わたくしは、そのできごとをおぼえていますよ……ねこのしっぽにかみついて、たしか、そうでしたね。そして、子ねずみ六ぴきをかかえた母親ねずみを、ぶじに穴《あな》のなかににげこませた？」

「それは、ぼくの、義理《ぎり》の姉だったもんですから。」と、バーナードは、赤くなりながらつぶやきました。

「それなら、ミス・ビアンカと、じゅうぶんわたりあえます。」と、議長《ぎちょう》ねずみは、大きな声でいいました。

4

それをもって（いくつかの感謝《かんしゃ》の決議《けつぎ》がつづきましたが）、総会《そうかい》は終《お》わりました。そして、バーナードは、重要《じゅうよう》な使命《しめい》と不安《ふあん》を同時に感《かん》じながら、大使館《たいしかん》にもどりました。

少なくとも、大使《たいし》のぼうやのべんきょう部屋《べや》にいく道には、たいした障害《しょうがい》はありませんでした。料理部屋《りょうりべや》からぼうやの部屋《へや》へ、牛乳《ぎゅうにゅう》や、チョコレート・ビスケットや、家庭教師《かていきょうし》のためのお茶をはこぶリフト（小型《こがた》エレベーター）がついていました。バーナードは、一日の最後《さいご》の（あつくわかした）牛乳《ぎゅうにゅう》のコップがはこばれる、八時半までまちました。そして、リフトの綱《つな》の一本にしがみついてのぼっていきました。そして、リフトの戸がひらいたとたん、すばやくとびだして、いちばん近くのものかげにかくれました。

バーナードは、長い長い時間まちました。そのうち、ぼうやが、となりの部屋《へや》のベッドに入る音と、ぼうやのおかあさんが、おやすみなさいのキスをしにやってくる、さらさらという、きぬずれの音がきこえました。（バーナードは、もちろん、目をとじてまっていました。ねずみの目の光ほど、ひとの注意《ちゅうい》をひくものはありません。）そして、やがて、すべてがしずまったので、バーナードは、あたりのようすをうかがうために、そろそろと、はいだ

しました。

少なくとも、うわさ話の一つは、ほんとうのことでした。大きな部屋《へや》のかたすみに、床《ゆか》のすきま風をさけて、ひくい台の上にのせた、すばらしいせとものの塔《とう》がたっていました。

2

ミス・ビアンカ

1

それは、バーナードがこれまでに見たことのない美《うつく》しい家でした。あるいは、夢《ゆめ》でも見ることができないほど美《うつく》しい、というほうが、あたっているかもしれません。なめらかな、かがやくような壁《かべ》には、スミレやサクラソウや、スズランのような、さまざまな美《うつく》しい花が描《えが》かれていました。そして、屋根《やね》は、いくえにもかさなって、上にのびていました。金色のふちどりをしたひさしは、ゆるやかに弧《こ》をえがき、ひさしのはしには、金色の鈴《すず》がさがっていました。家のまわりには小さい庭園《ていえん》があり、そのまわりを、金色のかなあみがかこい、ちょうど大きな鳥かごのようでした。小庭園《ていえん》には、ブランコや、シーソーや、そのほかの、ゆったりとくつろげる、遊《あそ》び道具《どうぐ》がおいてありました。

こっそりと近づくにつれて、バーナードの目は、まるで耳とおなじように見ひらかれました。そして自分が、とても粗野《そや》なつまらないねずみのように、思われるのでした。

「ミス・ビアンカ！」バーナードは、そっとよびかけました。

塔《とう》のなかから、かすかに、かすかに、さやさやという音がきこえました。ちょうどだれかが頭の上に、うすい絹《きぬ》をかぶるような、しずかな音でした。けれども、だれもでてきませんでした。

「こわがらないでいいんだよ、ミス・ビアンカ！」と、バーナードはよびかけました。「ぼくはどろぼうなんかじゃない。料理部屋《りょうりべや》のバーナードだが、ひじょうにたいせつな伝言《でんごん》をもってきたんだ。」

バーナードは、まちました。金の鈴《すず》の一つが、まるで一ぴきの小さなガでも、そばを通ったように、かすかに鳴りました。するとつづいて、また、さやさやときぬずれの音がして、とうとうミス・ビアンカが姿《すがた》をあらわしました。

その美《うつく》しさに、バーナードは息《いき》をのみました。からだは小さいけれど、その姿《すがた》のよさは、

非《ひ》のうちどころがありません。そして、なめらかな、銀白色《ぎんはくしょく》の毛は、白テンの毛のように、ゆたかにふさふさとしていました。けれども彼女《かのじょ》のいちばん美《うつく》しいところは、その目でした。ふつう、白ねずみの目は、ピンクですが、ミス・ビアンカの目は、深《ふか》い褐色《かっしょく》でした。雪のように白い顔とともに、ルイ十五世時代の美《うつく》しくお化粧《けしょう》をした貴婦人《きふじん》のように、見えました。

くびには、細く美《うつく》しい、銀《ぎん》のネックレスをさげていました。

バーナードは、二歩うしろにさがり、それから一歩まえにすすみでて、ぎょうぎよくひげをひっぱりました。

「およびになったのはあなたですか？」と、ミス・ビアンカがとてもしずかな、やさしい声できききました。

「はい、ぼくですが――」と、バーナードはいいました。

「まあ、すてき！」と、ミス・ビアンカは、うれしそうにいいました。「その鈴《すず》の引《ひ》き綱《づな》にとびついて、ぶらさがってくだされば、戸がひらきますのよ。あなたとごいっしょにどなたかご婦人《ふじん》のかたが、いらしたの？」

バーナードは、議長《ぎちょう》ねずみのことをぶつぶつとつぶやきましたけれど、その声が、あまりにかすれた声だったので、ミス・ビアンカにはききとれなかったようでした。でも、そんなことはどうでもかまわなかったのです。ミス・ビアンカの美《うつく》しいものごしが、バーナードの気はずかしさをすっかりやわらげてくれました。

バーナードがなかに入ると、ミス・ビアンカはすぐあたりのものを説明《せつめい》しはじめました。上等《じょうとう》のせとものの壁《かべ》の花を、一つ一つ指《ゆび》さして、その名まえをいってくれました。それからブランコやシーソーに乗《の》るように、すすめてくれました。「どう、美《うつく》しいとお思いになる？」と、ミス・ビアンカはひかえめにいいました。「もちろんベルサイユ宮殿《きゅうでん》とは、くらべものにならないと思いますけど……噴水《ふんすい》をごらんになる？」

バーナードは、ものもいえずうなずきました。バーナードは、噴水《ふんすい》のあることに、気がついてさえもいませんでした。というのも、それは噴水《ふんすい》とは思えないほど大きな、つまり十五センチメートルもの高さがある、ピンクと緑《みどり》のベネチアガラスの、美《うつく》しい噴水《ふんすい》だったからです。ミス・ビアンカが、かくされたペダルの上にこしをおろすと、ピンクのバラの形をした先端《せんたん》から、水がいきおいよくふきだしました。「水をだしっぱなしにしておく方《ほう》法《ほう》があるんですって。」と、ミス・ビアンカはいいました。「でも、わたくし機械《きかい》に弱いものですから、どうしていいのかわからないんです！」

ミス・ビアンカが立ちあがると、噴水《ふんすい》がとまりました。バーナードは、自分で水をだしてみたいと思いましたけれど、時間がどんどんすぎさっていくことが、とても気になりました。というのも、バーナードはまだだいじな伝言《でんごん》をつたえてないのです。

じっさい、バーナードはなんと切りだしてよいのやら、わかりませんでした。ベネチアガラスの噴水《ふんすい》から、一足飛《いっそくと》びに囚人《しゅうじん》友の会のことに、話を移《うつ》さなければならないのです。バーナードは、もう、ミス・ビアンカが気どりやだとは思わなくなりました。それどころか、ミス・ビアンカのことが好《す》きになりました。でもバーナードは、ミス・ビアンカは、金色のブランコに乗《の》ってゆったりとゆれている以上《いじょう》のことは、なにもできるはずがないと思いました。ところがふとしたひょうしに、つぎの会話で、バーナードのひげがぴくぴくと動《うご》きました。

「あら、あなたは勲章《くんしょう》をさずけられたのね。」と、ミス・ビアンカがていねいにききました。（ミス・ビアンカは、当然《とうぜん》いろいろな勲章《くんしょう》のことに、くわしくなっていたのです。）

「どうしてその勲章《くんしょう》をさずけられたか、おたずねしていいかしら？」

「ねこの目の前における勇気《ゆうき》にたいして。」と、バーナードはつぶやきました。――ところが、がっかりすると同時におどろいたことには、彼女《かのじょ》は、はずむような声をたててわらいだしたのです。

「ねこの目の前の勇気《ゆうき》ですって？　まあ、あきれた！　わたくしなど、ねこをかわいがってあげるのよ！」と、ミス・ビアンカは、声をたててわらいました。

「といっても、一ぴきの特別《とくべつ》のねこですけれど……」と、ミス・ビアンカは、ふと、さびしそうにいいました。

「わたくしとおなじくらいまっ白の、それは美《うつく》しいペルシャねこなのよ。ぼうやの、おかあさんの、かいねこなんですの。わたくしはよく彼《かれ》の毛のなかで遊《あそ》んだものよ。わたくしたちがそろうと、それは美《うつく》しい絵になったんですって……でも、彼《かれ》、もういないのよ。」と、ミス・ビアンカはため息《いき》をつきました。「でも彼《かれ》のおかげで、ねこというねこを、わたくしは大好《だいす》きなの！」

バーナードは、たまげてものもいえませんでした。バーナードは、ミス・ビアンカのいうことを、信《しん》じないわけにはいきませんでした。バーナードは、でぶでのろまな、ねことしての本能《ほんのう》をすっかりわすれてしまった、甘《あま》ったれなひざねこのことを思いうかべることができました。しかし、ねこをこわがらないねずみがたった一ぴきで、危険《きけん》な使命《しめい》を遂行《すいこう》するために世のなかへでていくなんて、考えただけでぞっとします！

「かわいそうなお友だち！　ほんとに！」と、ミス・ビアンカはやさしくため息《いき》をつきました。

「ぼくのいうことをきいてください。あなたはぜったいに――」と、バーナードはいいかけてやめました。バーナードは、女性《じょせい》のことはよく知りませんけれど、ミス・ビアンカの夢見《ゆめみ》るような目つきを見て、いまはねこの悪口《わるぐち》をいってはいけない、と思いました。悪《わる》口《ぐち》をいうかわりに、バーナードは彼女《かのじょ》をなぐさめようとしました。

「あなたには、こんなにすばらしいものが、あるではありませんか。」バーナードは、ブランコや、シーソーや、噴水《ふんすい》を見まわしながらいいました。

「そしてなんとくだらなく見えること！」ミス・ビアンカはため息《いき》をつきました。「ほんとにくだらなく見えるでしょうね。とくに、料理部屋《りょうりべや》で実際《じっさい》に真剣《しんけん》に生活していらっしゃるあなたにとっては！」

バーナードは、深《ふか》く息《いき》をすいこみました。これまでそんなことは一度も考えたことはありませんでした。

「ミス・ビアンカ、あなたも実際《じっさい》の真剣《しんけん》な生活をやってみたいと思いませんか？」

彼女《かのじょ》はとまどっていました。美《うつく》しい目を、しばらくそっととじました。そして、ピンクの小さな手がすっとのびて、銀《ぎん》のネックレスをさわりました。

「いいえ。」ミス・ビアンカは、はっきりといいました。「おわかりかもしれませんけど、わたくしは大使《たいし》のぼうやが大好《だいす》きなのです。そしてぼうやも、わたくしのことをとてもかわいがってくれます。ぼうやが、わたくしのことをたったひとりの友だちだ、というのを何度《なんど》きいたかしら！　ですから、わたくしは生きているかぎり、ぼうやのためにつくしますわ。わたくしの生活なんて、どんなにつまらなく見えても、でも、それはそれで、真剣《しんけん》なものだと思います。」

「そういう見方もありますね。」とバーナードは気のない返事《へんじ》をしました。（ああ、みんなは、おれのかわりに、議長《ぎちょう》ねずみを、ここによこせばよかったのに。）と、考えました。

（議長《ぎちょう》ねずみなら、きっと、義務《ぎむ》ということを、うまく話すにちがいない。）

「おなじことですよ。」と、バーナードは主張《しゅちょう》しました。「あなたは、いつもぼうやといっしょにいるわけじゃありません。ほら、あなたは、いま、ぼうやといっしょにいないじゃありませんか。」（これはそうとう急所《きゅうしょ》をついていました。いまは、夜で、ふつうのねずみならおきていて、なにかをしたい時です。もし、なにもやらなければ、たいくつしてしまいます。）「じじつ、あなたはもう、遊《あそ》び友だちがいないじゃありませんか。あなたひとりで、どうやって時間をつぶすんですか。ぼくには、想像《そうぞう》もつきませんね。」

「あら、ほんとのことをもうしますと、」と、ミス・ビアンカはつつましやかにいいました。「わたくし文章《ぶんしょう》を書いているんですよ。」

バーナードは、はっと息《いき》をのみました。これまで文章《ぶんしょう》を書くひとなどに会ったことがなかったからです！　――バーナードは、時間のむだになることを、とてもおそれましたけれど、なにを書いているのかきかずにいられませんでした。

「詩《し》よ。」と、ミス・ビアンカはほんとうのことをいいました。

それをきいてバーナードの胸《むね》は、おどりあがらんばかりでした。なぜなら、あのノルウ

エー人の囚人《しゅうじん》も、詩人《しじん》だったからです！

なんとすばらしい、幸運《こううん》なめぐり合わせなのでしょう！　これこそ、ミス・ビアンカの気持《きも》ちをかえさせる、ぜっこうのことがらです！――バーナードは、考えるひまもなく、間髪《かんはつ》を入れずにまくしたてました。囚人《しゅうじん》友の会のこと、そしてこれからの大冒険《だいぼうけん》のこと、そして、その冒険《ぼうけん》のなかで、ミス・ビアンカがはたす役割《やくわり》のこと。そのほかすべてのことについて話しました。

その結果《けっか》は、まさかそんなことは、と思っていたのですが、ミス・ビアンカは、その話をきいたとたんに、気絶《きぜつ》してしまいました。

2

バーナードは、むがむちゅうで、彼女《かのじょ》の手をたたき、顔をあおぎ、それからかくされたペダルにとびのって、噴水《ふんすい》の水をだし、目にもとまらぬ身《み》がるさでとびのいて、水がとまるまえに手に水をすくいとり、ミス・ビアンカのひたいにふりかけました。（ああ、議長《ぎちょう》さん、どうしよう！）とバーナードは思いました。数秒間《すうびょう》たちました。黒いまつげが、ちかちかと動《うご》くまで、なんと時間の長く感《かん》じられたこと。そしてミス・ビアンカは気がつきました。

「わたくし、どこにいるの？」と、ミス・ビアンカは、か細い声でつぶやきました。

「ここですよ、あなたの塔《とう》のなかですよ。」とバーナードは力づけるようにいいました。

「ぼくは、料理部屋《りょうりべや》のバーナードです――」

「あっちへいって！」と、ミス・ビアンカは金切り声をあげました。

「しずかに、しずかにきいてください――」

「もうなにもききたくないわ！」と、ミス・ビアンカはさけびました。「あなたなんかに、用はないわ。いって、いって、あっちへいって！」

思いつめたバーナードは、思いきって彼女《かのじょ》の両手《りょうて》をとり、じぶんの手のあいだにはさみました。すると、それが彼女《かのじょ》をおちつかせたようです。彼女《かのじょ》のからだのふるえがとまりました。

「おねがいです、ミス・ビアンカ。」バーナードは、熱《ねつ》をこめていいました。「もし、ぼくにあなたのかわりができるんなら、ぼくがやりますとも。そしてあなたの手なんか借《か》りずに、ねこのかごのなかにだって入っていきますよ！　だが外交官《がいこうかん》のかばんに入って旅行《りょこう》することだけはできないんです。二十四時間でノルウェーにいくなんて、とてもぼくにはできない。いや、ぼくだけじゃない。ほかのだれにもできないんだ。あなた、あなただけが、このあわれな囚人《しゅうじん》を助《たす》けることができるのです。」

少なくとも、ミス・ビアンカはバーナードのいうことに耳をかたむけました。そしてバーナードをおしやろうとはしませんでした。いや、それどころか、両手《りょうて》をバーナードにあずけたままでした。

「それに囚人《しゅうじん》は詩人《しじん》なんですよ！」と、バーナードはつづけました。「ミス・ビアンカ。ぜひ考えてください！　あなたとおなじような詩人《しじん》なんです。暗《くら》い地下牢《ちかろう》に、たったひとりでとじこめられている彼《かれ》のことを考えても、平気《へいき》でいられるんですか、あなたは？　あなたがたった一言つたえてくだされば――」

「ほんとにそれだけなの？」と、ミス・ビアンカは小声でききかえしました。「ほんとに一言だけ？」

「ええ、もちろん。ただそれを、選《えら》びだされたねずみに、つたえなければならないんですが。」と、バーナードは正直にこたえました。「そして、そのねずみをみつけるために、あなたは、ずいぶんひどい場所《ばしょ》に入っていかなければならないんです。それを考えると、ぼくの血《ち》がわきたつように感《かん》じます――」

「どうして？」と、ミス・ビアンカは、また小声でききかえしました。「どうして、あなたの血《ち》がわきたつの？」

「なぜって、あなたがあんまり美《うつく》しいからですよ！」と、バーナードはむちゅうでいってしまいました。「美《うつく》しいうえに、勇敢《ゆうかん》であれと、あなたに要求《ようきゅう》することなど、ずいぶんひどいことですね！　あなたはみんなから守《まも》られ、だいじにされ、愛《あい》され、尊敬《そんけい》されているべきなんだ。そしてぼくなんか、あなたのまえにひれふして、からだの上を歩いてくれ、としかいえない身分《みぶん》なんですよ！」

ミス・ビアンカは、バーナードの肩《かた》にそっと頭をもたせかけました。

「あなたは、わたくしがどうあるべきかを、おっしゃってくださったのですわ。」と、ミス・ビアンカはしずかにいいました。「わたくしも、勇気《ゆうき》をもてるかもしれなくってよ……」

その夜

キューピッドの火矢《ひや》のみが、火をともす
やさしい乙女心《おとめごころ》が
わけもなく、高鳴るのは
そっと、ふれた、勇《いさ》ましい手のためか

M・B

3 ノルウェーにて

1

三日後、ミス・ビアンカは、ノルウェーにいました。

いつもそうですが、旅行《りょこう》ちゅう、ミス・ビアンカには、なんのめんどうもおこりませんでした。彼女《かのじょ》は、外交官用《がいこうかんよう》のかばんのなかに入って旅行《りょこう》しました。かばんのなかでは、秘《ひ》密文書《みつぶんしょ》を読んではたのしんでいました。そのあいだに、大きな飛行機《ひこうき》は、山や森や川や、そして、海の上を、ゆれもせず、すばやくとびつづけました。（正確《せいかく》にいえば、山間部《さんかんぶ》の上をとんだときは、少しゆれたのですが、ミス・ビアンカは、ある最高《さいこう》の秘密文書《ひみつぶんしょ》にむちゅうになっていたので、気がつきませんでした。）出発《しゅっぱつ》してからちょうど二十四時間後に、ミス・ビアンカは、ノルウェーの首都《しゅと》オスロにある、大使《たいし》のぼうやの新しいべんきょう部屋《べや》におかれた、上等《じょうとう》のせとものの塔《とう》に、ぶじ入りました。

そのときから、ミス・ビアンカの任務《にんむ》が、じっさいにはじめられたのです。ミス・ビアンカは、自分自身の考えで、すべてのことをやらなければと考えました。なんとかして、ノルウェー一勇敢《ゆうかん》なねずみをさがしださなければなりません！　そのねずみがどこにいるのか、なんの目あてもないのです。――それどころか、ねずみたちは、いったい、どこにいるのでしょう。ミス・ビアンカは、これまで、すばらしい塔《とう》のなかで、外の世界《せかい》とまったくはなれて暮《く》らしてきたので、ほかのねずみたちが、どうやって生きているのか、なに一つ知りませんでした。バーナード以外《いがい》、ねずみと、口をきいたことさえありませんでした。

バーナード以外《いがい》……ミス・ビアンカは、なんとなく、すぐにバーナードのことを考えてしまうので、自分自身が、はらだたしくなりました。いまになって、あの真夜中《まよなか》の出会いの興奮《こうふん》を思い出してみると、バーナードは、いいかたで勇敢《ゆうかん》だったけれど、目だったところは、一つもないねずみだったと、思わないわけにはいきませんでした。――でも、わたくしが気を失《うしな》ってしまったとき、なんとやさしく、よく気のついたこと！　そして、気がついてから、わたくしの疑《うたが》いやおそれを、なんとよく理解《りかい》してくれたこと！　それから、わたくしが、ついにこのたいへんな仕事《しごと》をひきうけるといったとき、わたくしに対《たい》する尊《そん》敬《けい》と感謝《かんしゃ》の気持《きも》ちをあらわそうとした、彼《かれ》の一生けんめいなようす！

「わたくしも役立《やくだ》つものにならなくては、」と、ミス・ビアンカは思いました。そして、こうつけくわえました。「囚人《しゅうじん》友の会のために。」

そこで、あたらしい住所《じゅうしょ》にうつったその晩《ばん》、ミス・ビアンカは、外にでました。だれも知らないことですが、ミス・ビアンカは、からだが、とても細いので、小庭園《ていえん》をかこった金色のかなあみのあいだから、すりぬけることができたのです。大使《たいし》のぼうやは、このことを、まったく知りませんでした。とにかく、彼女《かのじょ》は、すりぬけることができました。

ぼうやのべんきょう部屋《べや》のドアは、うまくしまりませんでした。朝になれば、もちろん、だれかがなおしにくるでしょう。そのまに、ミス・ビアンカは、ドアの下をすべりぬけました。ドアのすぐ外のようすは、ミス・ビアンカにとって、見なれたものでした。――大《たい》使館《しかん》というものは、どこでも、よく似《に》かよっているものです。まず、広い廊下《ろうか》があり、その先に、階段《かいだん》のおどり場、そして、広い階段《かいだん》をおりれば、下のりっぱな玄関《げんかん》ホールにでます。(ミス・ビアンカは、じゅうたんを見る目があるものですから、そのもようまでおなじことに気づきました。)けれども、下におりるまでに、一ぴきのねずみにもあいませんでした。

「料理部屋《りょうりべや》だわ!」と、ミス・ビアンカは思いつきました。――バーナードのことを、また思い出したのです。「でも、料理部屋《りょうりべや》は、いったいぜんたい、どこにあるのかしら。」安全《あんぜん》なかなあみのなかに住《す》んでいたとはいえ、女性《じょせい》であれば、本能的《ほんのうてき》に家のなかのことはわかるものです。ミス・ビアンカは、下におりていけばまちがいない、と思いました。彼女《かのじょ》は、食堂《しょくどう》にお皿《さら》をはこぶリフトのことも知っていました。ミス・ビアンカは、玄関《げんかん》ホールをよこぎり、食堂《しょくどう》にかけこみ、リフトの戸にすきまがあいているのに気づくと、(そそっかしい給仕《きゅうじ》がしめわすれたのです。)なかのようすを見ようとかけあがりました。なかには、たしかに、それらしい綱《つな》が見えました。「料理部屋《りょうりべや》につながっているにちがいないわ。」と、ミス・ビアンカは、綱《つな》につかまりながら思いました。二、三分じっとまつあいだに、なにもおこらなかったので、彼女《かのじょ》は、思いきって綱《つな》をつたっておりていきました。――思ったよりはるかにやさしい冒険《ぼうけん》をたのしみながら、ミス・ビアンカは、まちがいなく下の料理部屋《りょうりべや》へつくものと思いこんでいました。

ところが、彼女《かのじょ》がおりていったリフトは、大使館《たいしかん》の地下室に直接《ちょくせつ》つうじていたのでした。ミス・ビアンカは、すぐにそれとは気づかなかったけれど、あとから考えれば、運《うん》がよかったのです。

2

リフトの外にでたミス・ビアンカの目にうつったのは、すさまじいながめでした！

もう、とっくに真夜中《まよなか》をすぎていることを、思い出してください。午前二時ごろだったにちがいありません。とすれば、ねずみたちが、いちばん身《み》の安全《あんぜん》を感《かん》じている時間です。大使館《たいしかん》の地下室では、一目でそれとわかる、独身男《どくしんおとこ》たちのパーティーがひらかれていました。ざっと見わたしたところ、五十ぴきほどのノルウェーねずみが集《あつ》まって、うたったり、さけんだり、ビールを飲《の》んだりしていました。ほとんどのねずみが、長ぐつをはいて、毛糸の帽子《ぼうし》をかぶっています。なかには、耳に金のかざりをつけ、片目《かため》に眼帯《がんたい》をかけているねずみもいます。木の義足《ぎそく》をつけたものもいました。まるで、海賊《かいぞく》のパーティーそのままです。ミス・ビアンカは、こんな海賊《かいぞく》ねずみが、どうして大使館《たいしかん》に入りこんだのか、想像《そうぞう》することもできませんでした。

ミス・ビアンカは、いたたまれない気持《きも》ちでした。知らないものばかりが、いっぱいいる部屋《へや》のなかに入っていこうとすれば、だれでもそうなるものです。――それに、この連《れん》中《ちゅう》ときたら！　なんというさわぎでしょう！　歌声とさけび声で、ミス・ビアンカの耳のこまくは、やぶけそうでした。いっときもしずかになりません。（ミス・ビアンカは、よくぼうやのポケットのなかから、社交的《しゃこうてき》なおしゃべりの仲間入《なかまい》りをしたものです。そのときには、かならず、しずかな瞬間《しゅんかん》がありました。ときには、相手《あいて》の話をきくだけで、何時間も、しゃべらずにいることさえありました。）ここでは、ミス・ビアンカが、さけんでみたところで、とてもその声は、だれにもきこえないでしょう。おまけに、ミス・ビアンカは、生まれてから一度《いちど》も、さけんだことなどないのです！

彼女《かのじょ》は、おどろいてふるえながら、とほうにくれて、立ちすくんでしまいました。すると、やっと近くにいた一ぴきが、こちらをむきました。そして彼女《かのじょ》に気づくと、すぐさま、長い長い口笛《くちぶえ》をふきならしました。なんとも下品《げひん》なやりかたですが、その合図は、たいしたききめがありました。ねずみたちの頭は、くるりくるりと、ミス・ビアンカのほうをむきました。ねずみたちは、彼女《かのじょ》のあまりの美《うつく》しさに見とれて、地下室のなかは、朝露《あさつゆ》がおりたように、しんとしずまりかえりました。

「招待《しょうたい》されずに、ここにまいりましたこと、おゆるしください。」と、ミス・ビアンカは、ふるえながらいいました。「でも、わたくしは、囚人《しゅうじん》友の会の代表《だいひょう》として、ノルウェー一勇敢《ゆうかん》なねずみを、さがしにまいりました。わたくしどもの国の監獄《かんごく》にとじこめられている、ノルウェーの詩人《しじん》を助《たす》けるためなのです。」

ミス・ビアンカの話すのをきいただけで、ノルウェーねずみたちは、心をうばわれました。何びきかのねずみは、この貴婦人《きふじん》の気をひこうと、力くらべのなぐりあいをはじめました。ビールのジョッキが、いくつも、長いすの下にけりこまれました。この船乗《ふなの》りたちのなかで、いちばんしらふの、そして、下士官《かしかん》のようなようすをした一ぴきが、まえにすすみでて、船員帽《せんいんぼう》に手をやっていいました。

「囚人友《しゅうじん》の会のかたのためだったら、ここにいる野郎《やろう》どもは、だれでも、潮《しお》どきさえよけりゃあ、いつでも、オーケーでさあ。」下士官《かしかん》ねずみは、ずけずけといいました。「どれでもいいのを、いってくれりゃあ、命令《めいれい》のままに動《うご》きますさあ。」

「まあ、すばらしい！」すっかり勇気《ゆうき》づけられて、ミス・ビアンカはいいました。「でも、どなたも知らないわたくしが、どうやって、ひとりを選《えら》べますかしら。どうぞ、いちばん勇敢《ゆうかん》なかたを、おしえてください。」

「みんな、勇敢《ゆうかん》でさあ。」と、下士官《かしかん》ねずみがいいました。「ここの若《わか》いものは、みんなおなじくらい勇敢《ゆうかん》でさあ。ほら、まわりを、見てごらんな。タイボルト勲章《くんしょう》を、かぞえてみなよ！」（下士官《かしかん》ねずみの胸《むね》にも、とめ金でとめて一つさがっていました。）「ご婦人《ふじん》がたには、少々あらっぽくみえるのもおりまさあ。――おい、そこの、わめくのをやめろ。おまえだよ、酒場《さかば》のそばの！　――でも、勇敢《ゆうかん》なことにかけちゃあ、どいつもこいつも、第一級《だいいっきゅう》ばかりでさあ。」

ミス・ビアンカは、そういわれても、とても自分で選《えら》ぶことは、むりだと思いました。

「わたくしにかわって、ひとり、選《えら》んでいただけないかしら。」と、たのみました。「もちろん、自分で志願《しがん》する人でなければいけないと思いますけれど。——でも、どなたかをすすめていただけないかしら。」

すると、下士官《かしかん》ねずみは、ちょいと片手《かたて》をのばして、いちばん近くにいるねずみの肩《かた》をたたきました。——それから、肩《かた》をたたいた相手《あいて》がだれかをたしかめました。

「おまえだ、ニルス！」ぴしりといいました。「おまえ、志願《しがん》するんだろう？」

「アイ・アイ・サー！」と、ニルスはいいました。

「おまえ、所帯持《しょたいも》ちじゃあないだろうな。それとも、だれかいるか。」

「まさか、おいらに。」と、ニルスはいいました。（それをきいて、酒場《さかば》のまわりにいたニルスの友だちが、大声でわらいました。）

「じゃあ、このご婦人《ふじん》の命令《めいれい》に、よろこんでしたがうというんだな。」

「いいえ、囚人《しゅうじん》友の会の命令《めいれい》にですわ！」ミス・ビアンカは、大きな声でいいました。

「どっちでもおなじでさあ。」と、下士官《かしかん》ねずみはいいました。「このニルスに、いいつけてくださりゃあ、ニルスは、なんでもやりますよ。」

EXIT→

そういい終《お》わると下士官《かしかん》ねずみは、まるで、何事《なにごと》もなかったように、となりの部屋《へや》にかけこんでいきました。そして、ねずみたちは、さっきとおなじように、うたったり、さけんだり、あるいは、むきあったりして、ビールのがぶ飲《の》みをはじめました。ニルスとミス・ビアンカは、そこに、とりのこされたようにむきあいました。

彼女《かのじょ》は、ニルスを、しげしげとながめました。まさしく、あらくれ第一級《だいいっきゅう》です。長ぐつは、油《あぶら》くさく、毛糸の帽子《ぼうし》は、編《あ》んでから一度《いちど》もせんたくしてないことは、たしかでした。けれども、その目はおちついていて、みるからに、ものに動《どう》じないようすでした。

ミス・ビアンカは、できるだけ簡単《かんたん》に、情況《じょうきょう》を説明《せつめい》しました。ミス・ビアンカは、ニルスが、その説明《せつめい》を、ぜんぶきいていてくれることをねがいました。――ニルスは、まったくおちついたままなのです！――おまけに、かるく鼻歌《はなうた》さえうたっているではありませんか。

「あなた、ほんとに、おわかりになったの？」と、ミス・ビアンカは、心配《しんぱい》そうにききました。「まず、はじめに、あなたが、どうやってそこへいくかは、あなたしだいだわ――」

「船にきまってまさあ。」と、ニルスはいいました。

「でも、首都《しゅと》は、いちばん近くの港《みなと》からも、ずいぶん距離《きょり》があるのよ。」と、ミス・ビアンカは、注意《ちゅうい》しました。

「大船から小舟《こぶね》、」と、ニルス。「それから、町がありゃあ、川がある――それが理屈《りくつ》というものさ。――川さえあれば、おいら、ノルウェーねずみは、どこへでもいきまさあ。」

「まあ、できないことはないのね！」ミス・ビアンカは、感心《かんしん》してしまいました。「くらやみ城《じょう》へいくのには、議長《ぎちょう》ねずみさんに計画があるのよ。あなたは、ただちに、会議場《かいぎじょう》に急行《きゅうこう》、議長《ぎちょう》に連絡《れんらく》してください。」

それをきくとニルスは、はじめて不安《ふあん》そうな顔をしました。

「地図をいただけないもんでしょうかね。陸《りく》の上だと、方角がわかりにくくなるもんで。」

「もちろんよ。」と、ミス・ビアンカはいいました。「なにか、かくものをくだされば、いますぐにでも、かきますわよ。」

ニルスは、身《み》のまわりを少しさがすと、片方《かたほう》の長ぐつのなかから、紙ぶくろと、赤いチヨークのかけらをとりだしました。（もっとも、それをみつけるまえに、くつ下片方《かたほう》と、ばんそうこう一はこ、ドミノのダブルシックスのこま一つと、糸くずの玉と、折《お》りたたみ式《しき》のせんぬきなど、いろいろなものをとりだしました。）ミス・ビアンカは、テーブルにすわって、紙ぶくろを平《たい》らにのばしました。

ところが長い時間かかって、彼女《かのじょ》がやっとかいたものをみると、それは、こんがらがったクモの巣《す》のようなものでした。

会議場《かいぎじょう》は、まんなかにかいてありました。――それだけは、はっきりしています。ところが、ほかのところは、めちゃくちゃに交差《こうさ》する線がかいてあるだけでした。ミス・ビアンカは、とてもはずかしくなって、――ほんとは、絵がかけるんですよ、ということを示《しめ》すために――いそいで、婦人用《ふじんよう》の帽子《ぼうし》のスケッチをかきました。それから、また、地図をかきはじめました。

「磁針《じしん》の方角からかきはじめるのが、いいんですぜ。」と、ニルスが、助《たす》けをだしました。ところが、ミス・ビアンカは、磁針《じしん》の方角なんていうことは、きいたこともありませんでした。

「あなたが、それ、かいてくださらない。」と、紙ぶくろを、ニルスにわたしながらいいました。

ニルスは、チョークをとって、紙に、上下のしるしをつけ、東、西、南、北、と方角をかきこみました。そして、ミス・ビアンカにチョークをかえしました。すると、ミス・ビアンカは、また、そのまんなかに、会議場《かいぎじょう》のありかを示《しめ》す点をかきました。――そして、また、おろおろしてしまって、むちゅうで、そのまわりに、帽《ぼう》子《し》の絵をかいてしまいました。(園遊会《えんゆうかい》のときに、かぶるような帽子《ぼうし》で、つばがひろくて、バラの花輪《はなわ》がついていました。)

ニルスは、感心《かんしん》したように、その帽子《ぼうし》の絵を、しげしげとながめました。

「こりゃ、ずいぶん、はっきりしたもんだ。」と、ニルスはいいました。「だから、方角をまっ先にかきゃあよかったんでさあ。」それから、バラを一つゆびさしていいました。「こりゃあ、貯水池《ちょすいち》ってわけだな。」

「まあ、どうしましょう!」ミス・ビアンカは、心のなかで思いました。彼女《かのじょ》には、会議場《かいぎじょう》がどこにあるのか、わかりすぎるほどよくわかっていました。──バーナードが、すべてを、とてもはっきりと、説明《せつめい》してくれたからです。──ところが、どうしても、それを紙の上にかきあらわすことができないのです。そして、いまや、勇敢《ゆうかん》なニルスが、園遊会用《えんゆうかいよう》の帽子《ぼうし》の絵だけをたよりに、出発《しゅっぱつ》しようとしているのです。

「え、ええ、」ミス・ビアンカは、はらはらしながらこたえました。「そうよ、こういうのが、貯水池《ちょすいち》なのよ。」

ところが、ある考えが、ミス・ビアンカの心にうかびました。その考えは、あまりにもとっぴで、しかも、スリルにみちたものだったので、考えただけで、ミス・ビアンカの胸《むね》は、早がねをうちはじめました。

「でも、どちらでもいいことよ。」と、ミス・ビアンカは、つづけていいました。「あなたといっしょにかえって、ちょくせつ、会議場《かいぎじょう》へご案内《あんない》したほうが賢明《けんめい》ね。」
いったいぜんたい、どうして、そんなばかげた、必要《ひつよう》のないことを、いいだしたのでしょう。彼女《かのじょ》の使命《しめい》は、すでに、りっぱにはたされたのです。だれも、それ以上《いじょう》のことを期待《きたい》していませんでした。二階《かい》にある、ぼうやの新しいべんきょう部屋《べや》では、ぜいたくな、上等《じょうとう》のせとものの塔《とう》が、彼女《かのじょ》のかえりをまっています。ぼうやもまっています。――いや、きっと、心配《しんぱい》しながらまっているにちがいありません。――それなのに、彼女《かのじょ》は、ぼうやのもとを去《さ》らなければならないなんて！

ぼうやのことを考えると、ミス・ビアンカの目に、なみだがうかびました。けれども、彼女《かのじょ》は、もうひとり、べつのひとのことを思っていたのです。料理部屋《りょうりべや》のバーナードのことでした。

上流《じょうりゅう》社会の女性《じょせい》は、愛情《あいじょう》に目ざめると、将来《しょうらい》のことをまったく考えなくなってしまう、とよくいわれます。公爵夫人《こうしゃくふじん》が、身分《みぶん》をすてて粉屋《こなや》のおかみさんになったり、伯爵夫人《はくしゃくふじん》が、従僕《じゅうぼく》と結婚《けっこん》したりするのが、その例《れい》です。

ミス・ビアンカは、バーナードのひかえめな親切と、勇気《ゆうき》のあることについて、まえよりもはっきりと思い出しました。

「目だたないひとだなんて、いったんじゃなかったかしら。」と彼女《かのじょ》は、自分をせめました。「タイボルト勲章《くんしょう》をもらったことだけで、ずいぶんりっぱなことじゃないかしら。」

でも、そんなことにかかわりなく、とつぜん、ミス・ビアンカは、もし二度《にど》とバーナードにあえないのなら、上等《じょうとう》のせとものの塔《とう》のなかの暮《く》らしなんか、なかみのない見せかけだけのものになってしまうだろう、と感《かん》じました。

となれば、バーナードが、彼女《かのじょ》のところにこられないことは、わかりきっていますから、彼女《かのじょ》が、バーナードに、あいにいかなければなりません。うまいぐあいに、責任《せきにん》と希望《きぼう》がかさなったわけです。

「それは、ご親切なことで。」と、ニルスがいっていました。「明け方の潮《しお》までに、でかけられますかい。」

「なんですって?」ミス・ビアンカは、思わずさけびました。ミス・ビアンカは、まだ、そこまで考えていなかったのです。

「ちょうど貨物船《かもつせん》があるんだ。」と、ニルスはいいました。「旅《たび》をするには貨物船《かもつせん》が最高《さいこう》だね。距離《きょり》もそんなになさそうだし。――この機《き》をのがしちゃいけねえな。おれの考えじゃあ、いますぐ、波止場《はとば》にむかうこった。」

「まあ、たいへん！」と、ミス・ビアンカは、内心思いました。――でも、考えようによっては、そのほうが、彼女《かのじょ》にとっては決心《けっしん》しやすかったのです。ぼうやに、もう一度《いちど》あう。しかも、最後《さいご》のお別《わか》れに――まくらもとにかけあがって、耳もとで、そっとお別《わか》れのことばを――と考えるだけで、もう、たえられなくなってしまうのでした。

「あわないほうがいいわ。」と、ミス・ビアンカは思いました。

「悲《かな》しくて、たえられなくなってしまうかもしれないから……」彼女《かのじょ》は、ほほえみながら立ちあがりました。

「さあ、つれてってくださいな。」ミス・ビアンカはいいました。「準備《じゅんび》は、できていてよ！」

ふたりは、ただちに出発《しゅっぱつ》しました。（ニルスも、荷物部屋《にもつべや》から、そり身《み》の短剣《たんけん》をもってくるだけで、準備《じゅんび》ができたのです。）だれも、二ひきにむかって、では、さよならなどといいませんでした。それどころか、気にもかけなかったのです。

「あなたがたは、いつも、こんなに気がるに船出するんですか。」木造《もくぞう》の地下室をとおりぬけながら、ミス・ビアンカはききました。ミス・ビアンカは、ほかのねずみたちに無視《むし》されたようで、いらいらしました。

「それが理屈《りくつ》というものさ。」と、ニルスがこたえました。「おいらたち、ノルウェーのものは、年がら年じゅう、船出でさあ。」

「でも、こんな危険《きけん》をはらんだ航海《こうかい》でも？」と、ミス・ビアンカは、声を高めました。

「船旅《ふなたび》は、いつでも、危険《きけん》をはらんでまさあ。」ニルスは、あたりまえだといわんばかりにこたえました。「『長ぐつとともにしずみし』が、この国では、墓《はか》にかく文句《もんく》だぜ。」ニルスは、ふと立ちどまって、ミス・ビアンカの小さな足を見おろしました。「おっと、ついでだが、おじょうさん、」と、ニルスはいいました。「あんたのゴムぐつは、どこだね。」

「わたくし、そんなもの、もっていませんわ。」と、ミス・ビアンカはいいました。

ニルスは、じろりと彼女《かのじょ》をながめました。なぜ、そんなへんな目つきで見るのかしら、ミス・ビアンカは、また、むっとなりました。

「いつもそうなんですけれど、ふくろに入って旅行《りょこう》するものですから。」と、ミス・ビアンカは、気どっていいました。「そんなもの必要《ひつよう》ありませんわ。ふくろのなかでは、足は、それは気持《きも》ちよくあたたまっておりますから。」

「ノルウェーじゃあ、ゴムぐつをはいたほうがいいんでさあ、おじょうさん。」と、ニルスがいいました。「ここで、ちょっと、まってな。」

ニルスは、ミス・ビアンカを、まきわり台のそばにまたせて、いそいで姿《すがた》をけしました。(知っているひとは、だれもきそうもないので、ミス・ビアンカは、ほっとしました。暗《くら》いところで、ひとをまつなんて!)けれども、ニルスは、すぐにもどってきました。ほんの二、三分で、女もののゴムぐつを、こわきにかかえて、走ってきました。

「おふくろのやつをかりてきてやったよ。」と、息《いき》をきらしながらいいました。ミス・ビアンカは、そのゴムぐつを、めいわくそうにながめました。見るからにだぶだぶで、おっそろしく古ぼけています。でも、それをはかないわけにはいきませんでした。

「ずっとましになった!」と、ニルスがいいました。「さあ、でかけられるぞ。」

二ひきは、木でできた石炭《せきたん》の投《な》げ入《い》れ口をあがって、カルル・ヨハネス門通りの広い道《どう》路《ろ》にでました。ニルスは、まっすぐ走って、道路《どうろ》をよこぎり、あっというまに、波止場《はとば》につうじる迷路《めいろ》のような小道に走りこみました。ミス・ビアンカは、だぶだぶのゴムぐつで、ぶざまに歩きながら、そのあとについていきました。「ノルウェーをろくに見ることもできやしないわ！」と、彼女《かのじょ》は思いました。そんなにいそいでさえいなければ、明るさもじゅうぶんで、あたりをながめることもできたのです。ふしぎな、真珠色《しんじゅいろ》の明るさが、道路《どうろ》にみちていて、家並《いえな》みが、はっきりと見えました。

「なにか、史跡《しせき》のそばをとおっているのじゃないかしら。」と、ミス・ビアンカは、あえぎながらききました。けれども、ニルスは、とまろうともしません。ふたりが、波止場《はとば》につくまで、ニルスは、一度《いちど》も足をとめませんでした。波止場《はとば》につくと、ニルスは、また、ミス・ビアンカをまたせたまま、船の名まえをたしかめながら、すばやく、あたりを走りまわりました。そして、目あての船のとも綱《づな》をみつけました。

「こっちだ！」ニルスは、するどくいいました。ミス・ビアンカは、もう息《いき》もできないほどでしたが、ニルスのあとについて、古くさい、よごれはてた貨物船《かもつせん》に乗《の》りこみました。

＊ ドミノ――長方形のこまを使《つか》って遊《あそ》ぶゲーム。二十八個《こ》一組のこまをダブル・シックスという。

4

船《ふな》旅《たび》

1

ミス・ビアンカは、あとになって考えてみると、たっぷり一月はかかった船旅《ふなたび》の最初《さいしょ》の部分《ぶぶん》を、ほとんどなにもおぼえていませんでした。おぼえていなくて幸《さいわ》いでした。というのも彼女《かのじょ》は、船よいにかかってばかりいたからでした。ニルスは精《せい》いっぱい親切にしてくれて、ミス・ビアンカのために、救命《きゅうめい》ボートのロッカーのうしろに、まるで気持《きも》ちのよい船室といってもいいような場所《ばしょ》を、さがしてくれました。暖《あたた》かくて、よく乾燥《かんそう》していて、しかも食堂《しょくどう》のとなりときているのです。乾燥《かんそう》していて、暖《あたた》かいのはうれしかったけれど、ミス・ビアンカは、胸《むね》がむかむかして、とてもおいしいノルウェー産《さん》のチーズでさえも、

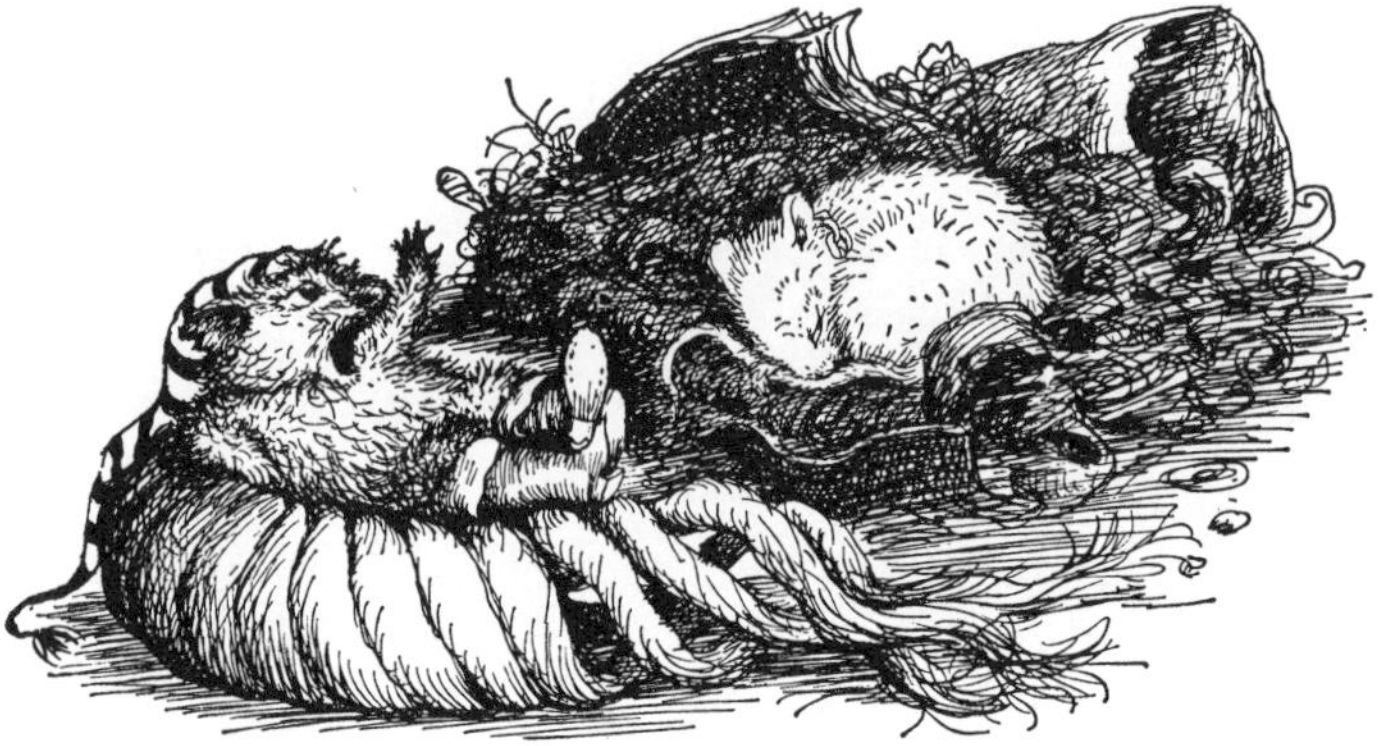

顔をそむけました。水を二、三てき飲《の》むか、かわいたパンくずを、二、三つぶ食べるのが、やっとのことでした。

ミス・ビアンカは、ジャガイモの皮《かわ》の寝床《ねどこ》の上にからだをまるめてよこたわりました。それにしても、ピンクの絹《きぬ》のシーツとくらべたら、なんとしたちがいでしょう！——そして、苦《くる》しみつづけました。北海の荒海《あらうみ》は、すさまじかったのに、イギリス海峡《かいきょう》ときたら、それ以上《いじょう》です。ミス・ビアンカは、それにつづくビスケー湾《わん》は、もう名まえをきくことさえ、たえられませんでした。

それにひきかえ、船が沖《おき》にでると、ニルスの元気は、いやがうえにも高まりました。ニルスは、たえまなく、船乗《ふなの》り歌をうたいつづけ、そしてときには

『金髪《きんぱつ》のハラルド』とかいう人の、長い長い物語歌《ものがたりうた》のいくつかを、うたいはじめるしまつでした。

ニルスは、甲板《かんぱん》の排水孔《はいすいこう》をおりたりのぼったり、また、帆綱《ほづな》の上をいったりきたりして、船の上には、ねこ一ぴき、犬一ぴきいない、と、うれしそうに報告《ほうこく》しました。あるいは、それはニルスが、かってに、そうきめてしまったのかもしれません！

「こっちへきて、見てみなよ！」と、ニルスはミス・ビアンカをさそいました。

「こっちへきて、大波《おおなみ》を見てみなよ。それにこの船が波《なみ》をついてすすむさまを、ごらんなよ！　ほら、こっちへきて見てみなよ、あの港《みなと》の明かりを。どうだい、水に光ってちかちかしてるじゃないか！　こっちへきて見てみなよ、あの灯台《とうだい》のでっかい光をさ——どれもこれも、おいらたちノルウェーの船を守《まも》ってくれるためにつくってあるんだぜ！」

「すまないけれど、わたくし頭がいたいの。」と、ミス・ビアンカはいいました。

「なに、海で頭がいたいんだと？　海は、どんな病気《びょうき》もなおしてくれるんだぜ！」ニルスは信《しん》じられないというように、大声でいいました。

「わたくし、詩《し》を書いているの。」と、ミス・ビアンカはいいました。

たしかに、ミス・ビアンカは詩《し》を書いていたのです。船が難波《なんぱ》して(ミス・ビアンカは、ほんとにそう思いこんでいるのです。)ヨードチンキの空きびんに、ふうじこんだつぎの詩《し》が、海岸《かいがん》に流《なが》れついて、ぼうやの手にわたればなぐさめになる、とねがっていたのです。

海で

いとしのぼうや！　泣《な》かないで！
ときがたてば、あなたのミス・ビアンカを、わすれます！
でも、おぼえておいてほしいのは、
気高きつとめのお召《め》しゆえ、
いとしきあなたの、そばを去《さ》ることを！

M・B

船よいのために、韻《いん》がうまくふめなかったけれど、これがミス・ビアンカがやっと書いた詩《し》でした。ニルスは親切に、それをびんにつめて、船の上から海に流《なが》してくれました。ニルスは、ミス・ビアンカのことをわすれていないときだけは、できるだけ親切にしてくれました。みんなの注目《ちゅうもく》のまとではない、ということは、ミス・ビアンカにとって、新しい経験《けいけん》でした。そしてそのことから、これまでミス・ビアンカが、あたりまえのようにうけとっていた、いくつかのことを、じっくりと考えることができました。

すてきな、せとものの塔《とう》のなかの生活は、ミス・ビアンカにとって、それがいつでもあたりまえのように思えていました。銀《ぎん》のボンボン皿《ざら》から、クリームチーズを食べたり、金のブランコに乗《の》って、ゆったりとゆれていたり、銀《ぎん》のネックレスをくびにかけたりすることは、みんな必要《ひつよう》なことのように思えていたのです！　ミス・ビアンカは、まえにバーナードに話したように、ぼうやに一生けんめいつくすことによって、たっぷりおかえしがくるんだということを、信《しん》じてうたがわなかったのです。そして、いまでもそう信《しん》じていました。ところがそういう生活こそが、あたりまえでなくて、しかもそれ以外《いがい》に、彼女《かのじょ》にとって生きていく方法《ほうほう》があるんだということは、少しも気づいていませんでした。もし、ほかのねずみのために、つくすことで、まえとおなじようにぜいたくにはいかないとしても、おなじように幸《しあわ》せになれるんじゃないかしら？　と、ミス・ビアンカは考えました。

「でも、とってもびんぼうになるにちがいないわ！」と、ミス・ビアンカは考えました。「びんぼうなひとって、どうやって生きているのかしら？」

彼女《かのじょ》はそれをニルスにききました。――ニルスの気持《きも》ちをきずつけないように、じょうずに、遠まわしにききました。

「あなたのおとうさんは、なにをしていらっしゃるの？」と、ミス・ビアンカは、ききました。

ニルスは、ひげをひっぱりました。二ひきは、一本の帆柱《ほばしら》のかげにすわっていました。よく晴れた、しずかな、とても星の多い夜でした。ミス・ビアンカは、はじめて甲板《かんぱん》の上にあがってきたのです。

「船に乗《の》っていると思うんだけどなあ――おいらたちとおなじようにさ。」と、ニルスはいいました。

「だって、あなた、ご存《ぞん》じないの？」ミス・ビアンカは、びっくりしてききました。

「もう何年もおいぼれじいさんに会ってないからなあ。」と、ニルスは、あたりまえの顔をしていいました。

「じゃあ、だれがあなたのおかあさんや、家族《かぞく》のめんどうをみるの？」と、ミス・ビアンカがたずねました。「きょうだいは、どのくらいいらっしゃるの？」

ニルスは、またひげをひっぱりました。ねずみは、みんな大家族《だいかぞく》です。ニルスも、ほかの男ねずみとおなじように、自分の家族《かぞく》の数を、うまくいうことができませんでした。

「二十四ひき、じゃなかったかなあ？」と、いいました。「足腰《あしこし》がたつようになりゃあ、船に乗《の》り、旅《たび》にでるってわけさ――つまり、おれたち男はな。女は嫁《よめ》にいくまで、だいたい家にいておふくろの手助《てだす》けさ。おふくろは、家でせんたくを一手にひきうける、というわけだ。」

ミス・ビアンカは、からだがふるえました。これまでそんなひどいことを、考えたこともなかったのです！　けれども彼女《かのじょ》は、そのおそろしさをかくしました。

「つまり、あなたがたは、船乗《ふなの》りの種族《しゅぞく》だから、」と、ミス・ビアンカはいいました。「おくさんたちは、家においておかれるのね。ちゃんと陸《りく》にいるねずみと結婚《けっこん》すれば、たとえば、料理部屋《りょうりべや》にいるねずみと結婚《けっこん》すれば、きっと、ずっとちがうわね。生活は、どんなにつつましくっても、ご主人《しゅじん》は、そばにいてくれるでしょう?」

「それは、おいらにはなんともいえないね。」と、ニルスはこたえました。「おふくろにいわせれば、せんたくものは、自分でやったほうが、ずっとうまくいくんだとよ。」

「かわいそうなひと!」と、ミス・ビアンカは思いました。二十四ひきの子どもたちをやしなうなんて! ——船乗《ふなの》りねずみのおくさんたちは、たいへんな犠牲《ぎせい》をはらわなきゃならないんだわ! イースター(復活祭《ふっかつさい》)になっても、帽子《ぼうし》なんか買えないし、クリームチーズも、きっと年に一度《いちど》か二度《にど》のごちそうなんだわ!

「びんぼうって、ひどいものね!」ミス・ビアンカは、がまんできなくなって、さけんでしまいました。「考えただけで、ぞっとするわ!」

「そうかな? おいらびんぼうなやつを、知らないからな。」と、ニルスはいいました。そこでちょっとだまって、ミス・ビアンカのことを、思いやるようにながめました。「おっと、ひとりだけ知っていたかな。」と、いいだしました。「ゴムぐつをもってなかった、びんぼうなおじょうさんをひとりね……」

ミス・ビアンカは、すっかり考えぶかいねずみになって、ねぐらにもどりました。つぎの日は、ほとんどねむりませんでした。公平《こうへい》に考えてみると、ニルスのばかげた思いちがいは、いつまでも気になるものではありませんでした。考えようによっては、ちょっとゆかいなことでさえありました。すてきなせとものの塔《とう》に住《す》んでいるのに、ゴムぐつを一足、借《か》りたばっかりに、びんぼうで困《こま》りきったむすめとまちがえられてしまったりして！（もし、ニルスがほんとのことを知ったら、とミス・ビアンカは考えると、思わずほほえんでしまいました。）いいえ、それよりも、ミス・ビアンカの心を、ほんとうにとらえたのは、ニルスが、自分ばかりか、自分の家族《かぞく》までびんぼうと考えていないということでした。たとえ、収入《しゅうにゅう》は少なくても、ニルスはそれでけっこうじゅうぶんだと、考えているようすでした。すてきなせとものの塔《とう》の外でも、生活はたしかにできるのです。でも、そこでミス・ビアンカは、ふと考えました……。

「でも、わたしは、けっしてけっして、せんたくをひきうけるなんてことはできないわ！」と、ひとりごとをいいました。

どんなに善意《ぜんい》に考えてみても――そしてミス・ビアンカはこれまでのまちがった考えを短《みじか》いあいだに、たくさん改《あらた》めていましたけれど、――どうしても、ニルスのおかあさんが幸《しあわ》せだと信《しん》じることはできませんでした。ひとりきりで、一日じゅう、せんたくのしぼり機《き》につきっきりで、(もちろん、六ぴきほどのむすめたちが、まつわりついていることはあっても)だんなさんの手助《てだす》けを、まったくえられないとしたら、あわれな女になるにきまっているではありませんか——やさしいだんなさんが、そばについていてさえいれば、いまいったようすも、すっかりかわってくるかもしれませんが……。

「でも、子どもたちに、絵を教えてあげることができたら、どうかしら?」と、ミス・ビアンカは、空想《くうそう》してたのしみました。

彼女《かのじょ》は、すっかり心をとりみだして、いらいらしていました。そして、もっと悪《わる》いことには、それから何日かたち、だんだん目的地《もくてきち》に近づくにつれて、ニルスが、地図のことで、彼女《かのじょ》をなやましはじめました。——地図は、ミス・ビアンカの、いちばん気を損《そん》じやすいことだったのです。

出発《しゅっぱつ》のときに、ニルスは、地図を、まっ先にミス・ビアンカからとりあげて、それを左足の長ぐつのなかに、しまっておいたのです。地図は、長ぐつのなかで、ほかのいろいろなものとこすれあって、くしゃくしゃによごれてしまいました。おまけに、折《お》りたたみ式《しき》のせんぬきが、つきささったにちがいありません。あの貯水池《ちょすいち》というよりも、バラのところに、一つの大きなまるい穴《あな》が、あいてしまいました。

「まあ、ひどい！」ニルスがとりだした地図を見ながら、ミス・ビアンカはさけびました。——でも心のなかでは、ほっとしていました。もし彼女《かのじょ》が、地図のかき方を知らないというんなら、ニルスは、地図のしまい方を知らない、ということになるわけです。「せっかく苦労《くろう》してかいたのに——」と、ミス・ビアンカはいいました。女ねずみときたら、自分の立場がまずくなると、ずいぶんかってなことをいうものです。

「おいらには、いっこうさしつかえないがね。」と、ニルスはいいました。「船長の地図なんざあ、ココアのしみだらけで、とても読めたものじゃないさ！　まあ、これならけっこう使《つか》えるとも。おいらの知りたいことは、ただ一つ、これらの貯水池《ちょすいち》が、船の通路《つうろ》になる運河《うんが》でつながっているかどうか、ということさ。」

それをきいて、ミス・ビアンカは、ますます、ぞっとしてしまいました。というのも、彼女《かのじょ》は、首都《しゅと》だけの地図をかいたつもりだったのに、ニルスは、その地図を、港《みなと》から首都《しゅと》へいく道をかいた地図だと思っているのです。彼女《かのじょ》は、正直に、なにも知らないと、こたえるべきだったのです。——あるいはもっと正直に、この貯水池は、造花のバラをかいたのだと、白状《はくじょう》すべきでした。でも、そんなことをいえば、ニルスの彼女《かのじょ》に対《たい》する信頼《しんらい》は、どうなるでしょう？　ミス・ビアンカは、うそをつくことは、とてもいけないことだと思いました。でも、うそをつくのは、一度《いちど》だけですんだので、いくらか気持《きも》ちがなぐさめられました。というのも、最初《さいしょ》に、バラを貯水池《ちょすいち》だと、ニルスに信《しん》じこませてしまったので、二度《にど》とうそをつく必要《ひつよう》はなかったのです。

「船のかよえる運河《うんが》がつうじていますわよ。」と、ミス・ビアンカはいいました。

「じゃ、ことは簡単《かんたん》だ。」と、ニルスはうれしそうにいいました。

「わたくしも、ほんとにそうねがうわ。」と、ミス・ビアンカはいいました。

ニルスは、地図を手にとって、毎日真剣《しんけん》に、それをながめました。ニルスは、地図をながめるのがとても好《す》きでした。けれども、ミス・ビアンカは、罪悪感《ざいあくかん》と不安《ふあん》な気持《きも》ちで、そんなニルスをながめるのでした。

2

日一日と、気温《きおん》はあがり、太陽《たいよう》は明るくなり、そして、海はしずかになってきました。船は、地中海に入ったのでした。大使《たいし》のぼうやといっしょに、ギリシャ語やラテン語をべんきょうしたことのあるミス・ビアンカは、毎日、毎日、長い時間を甲板《かんぱん》の上ですごしました。そして大昔《おおむかし》の人のような顔をして、いろいろな物語《ものがたり》にまつわるイタリアや、ギリシャや、ペロポネソス半島《はんとう》の岸辺《きしべ》を、じっとながめていました。

「ヘクトールと風吹《ふ》きすさぶトロイの平原《へいげん》！」と、ミス・ビアンカはつぶやきました。「波《なみ》うちよせる浜辺《はまべ》をすすむ一万のスパルタ人。そして波間《なみま》から立ちあがるあわの白さのビーナス！」教養《きょうよう》のありがたさが、これほど身《み》にしみたことはありませんでした。ミス・ビアンカは、何時間も何時間も、ゆううつな環境《かんきょう》のなかにとじこめられているのを、すっかりわすれていました。

そして彼女《かのじょ》は、気持《きも》ちよく、しずかだったぼうやのべんきょう部屋《べや》や、ぼうやの家庭教《かていきょう》師《し》がとても親切で、ぼうやのべんきょうする本のページの上にすわるのをゆるしてくれたことや、いっしょに教養《きょうよう》を身《み》につけたたのしさを思い出しました。ミス・ビアンカとぼうやは、まったくおなじときに、新しい動詞《どうし》をおぼえたり、あるいは、すばらしい詩《し》のいくつかを暗記《あんき》したりしたものでした。（ミス・ビアンカは、とてもすばらしい詩《し》のいくつかをおぼえていました。）また、たのしい空想《くうそう》をしているあいだに、ミス・ビアンカは、ニルスをぶじに会議場《かいぎじょう》に送《おく》りとどけて、そして、大使館《たいしかん》へいそぎ足でもどっていく、自分の姿《すがた》を、考えてみたりしました。……新しい大使《たいし》は、すぐ彼女《かのじょ》のことに気づいて、――くびにかけた銀《ぎん》のネックレスがあるんですから――そしていちばん速《はや》い方法《ほうほう》で、すぐにぼうやのところに、送《おく》りとどけてくれるにちがいありません。

そして、ふくろに入ってまた旅《たび》をする。考えただけでも、たのしいではありませんか！

ミス・ビアンカは、もう一度《いちど》気をかえたのです。よく考えなおしてみて、子どもたちに絵を教えるということは、やっぱりやめることにしました。彼女《かのじょ》は、バーナードにあったら、はっきりと、さいごのさよならをいおうと決心《けっしん》しました。

それから二日たって、船は、岸《きし》につきました。

3

自分の国に上陸《じょうりく》するのは、だれにとっても気持《きも》ちのよいものです。――ミス・ビアンカにしてみれば、陸地《りくち》ならどこでもうれしかったにちがいありません。ところが、港《みなと》という港《みなと》は、彼女《かのじょ》にとって、どこも見知らぬところばかりでした。そしていま、ニルスとならんで、波止場《はとば》に立ったまま（二ひきはまっ先に上陸《じょうりく》した乗組員《のりくみいん》にまぎれて、でてきたのです。）彼女《かのじょ》は、ノルウェーの波止場《はとば》にいるときとおなじように、とほうにくれていました。

それよりも、もっと悪《わる》いことには、いまからが彼女《かのじょ》の責任《せきにん》のはじまりとなるのです。ニルスがすぐに小舟《こぶね》をさがしてくれ、といったとき、――もちろん、ニルスは、彼女《かのじょ》が、小舟《こぶね》のあり場所《ばしょ》を知っていると信《しん》じこんでいたからです。――ミス・ビアンカは、きこえないふりをしました。ニルスの信頼《しんらい》は、とんでもないあやまりでした。彼女《かのじょ》は、絶望《ぜつぼう》して、あたりを見まわしました。――外国がよいの汽船の、大きな船体を見あげました。――それからもっと上を見て、大きなクレーンが、荷物《にもつ》をあげおろししているのを見あげました。

――そして目をもどすと、税関《ぜいかん》のものおきや、倉庫《そうこ》がずらりとならんでいるのをながめました。そして自分の力では、もうどうすることもできない、と思いました。それから、運《うん》のよいことに、彼女《かのじょ》は下を見おろしました。

するとと水面《すいめん》へおりる石段《いしだん》のいちばん下に、おもちゃのモーターボートが浮《う》かんでいました。

ミス・ビアンカは、自分の目を信《しん》じることができませんでした。でも、すぐに、それがだれのものかわかりました。それは、ぼうやのモーターボートで、アメリカの海軍武官《かいぐんぶかん》から贈《おく》り物《もの》としてもらったものでした。――三十五センチメートルほどある、その長いモーターボートには、とても強いモーターがついているのです。ぼうやの入るおふろのまわりは、そのとがったへ先で、きずだらけになってしまいました。そこで、高びしゃなだれかがたいへんおこって、ボートをつまみだしました。それから、そのボートは、どこにも見あたらなくなってしまったのです。(ぼうやとミス・ビアンカは、その高びしゃなだれかが、すててしまったにちがいない、と考えました。)そして、それがいま、目の前に浮《う》いているのです。溝《みぞ》や、川や、運河《うんが》を、どうやってとおってきたのか、ふつうでは考えられ

ないことがおこったのです。まるで囚人友《しゅうじん》の会によって、派遣《はけん》されたとでもいいたげに、そこに浮《う》いているのでした！

ミス・ビアンカは、すぐにかけおり、ボートにとびのり、船室に入りました。そして、クッションのよくきいた座席《ざせき》にすわって、ほっとしました！　上品《じょうひん》な銀《ぎん》のかざりがはめこまれ、みがきこんだ木目《もくめ》や、船室の壁《かべ》にかけられた小さな造花《ぞうか》のスミレの束《たば》を見ることは、ほんとにうれしいことでした！

うしろについてきたニルスでさえ、とても感心《かんしん》したようでした。ミス・ビアンカは、とつぜんの幸運《こううん》によろこんで、うれしそうな笑顔《えがお》をして、ニルスをむかえました。

「これが組織《そしき》というもんだ。」と、ニルスはいいました。「おっほ、こいつはすばらしいボートじゃないか！」

「わたくしのお友だちが、注文《ちゅうもん》してつくらせたものよ。」と、ミス・ビアンカが、小声でいいました。「でもあなた、どうやって動《うご》かすかご存《ぞん》じなの？」と心配《しんぱい》そうに、小声でいいました。「原子力で動《うご》かすんだと思うんですけれど。」

「おいらは、これまで一度《いちど》も、自分で動《うご》かせねえ船に乗《の》ったことはないさ。」ニルスは、ずけずけといいました。——とはいうものの、ニルスはそのボートを動《うご》かすまでに、まちがったレバーをいくつもひっぱりました。そしてミス・ビアンカをほとんど水びたしにしてしまいました。けれども、しまいにはなんとかうまく動《うご》きだしました。

さて、それにつづくできごとは、航海《こうかい》の歴史《れきし》にいつまでものこる物語《ものがたり》となるでしょう。百五十キロメートルの行程《こうてい》を、ミス・ビアンカのかいた園遊会《えんゆうかい》用の帽子《ぼうし》のスケッチを、ただ一つの手がかりとして、ニルスは、りっぱに、首都《しゅと》まで、そのボートを運転《うんてん》してみせたのです。地図にかかれた貯水池《ちょすいち》も、じっさいにきてみると——それは、まるで大きな湖《みずうみ》のようでした。——でもニルスは、そんなことにはかまわず、ボートをすすめました。

たしかに、舟《ふね》のかよえる運河《うんが》もありましたけれど、それは、運河《うんが》というより大きな川でした。ニルスは、そこを、グランプリレースに参加《さんか》した選手《せんしゅ》のように、めちゃくちゃにとばしました。そしてときどき、ミス・ビアンカのほうをふりかえって、肩《かた》ごしに「ノルウエーばんざい!」とさけんだり、おとくいの『金髪《きんぱつ》のハラルド』の歌を、大声でうたったりしました。——けれども、けっしてその目を地図からはなしませんでした。（なにも知らないミス・ビアンカは、どの辺《へん》を走っているのか、見当もつきませんでしたけれども、ただただ目的地《もくてきち》につくことを祈《いの》りました。――とにかく二ひきの乗《の》ったボートは、どこかにむかって走っています。そして、ボートの乗《の》りごこちは、心配《しんぱい》していたよりも、はるかに気持《きも》ちのよいものでした。)

時どきミス・ビアンカは、ロッカーからコーヒー用の角ざとうをもってきて、ニルスの口に入れてやりました。そうです、コーヒー用の角ざとうです！　よく思い出したものです。ぼうやのおかあさんが、とくに外国から輸入《ゆにゅう》した角ざとうを、モーターボートのロッカーのなかにしまっておいたのです！

「ぼうやのそばを去《さ》るなんて、とてもできないわ。」とミス・ビアンカは、ピンクの角ざとうをかじりながら思いました。「ぼうや、わたくしは、あなたをすてるなんて考えて、ほんとに恩知《おんし》らずね――わたくしは、ニルスを会議場《かいぎじょう》へ案内《あんない》したら、大いそぎで大使館《たいしかん》へもどります！」

さいごの水しぶきをあげて、ニルスは、岸壁《がんぺき》にボートを近づけました。――それは、美《うつく》しいスイレンにかこまれた、大理石の舟着《ふなつ》き場《ば》でした。モーターボートが、ゆれ動《うご》きながら走ってきた小さな運河《うんが》は、大使館《たいしかん》のボート遊《あそ》びをする運河《うんが》だったのです。安心《あんしん》すると同

時にとてもうれしくなったミス・ビアンカは、船室からとびだして、ゴムぐつをぬぎすてました。

「どうだい、この着《つ》きぐあいは？」ニルスは、ヘッドライトのスイッチを切りながらいいました。（ボートはまるでロケットのようにきらめきながら、真夜中《まよなか》に到着《とうちゃく》したのです。）

「完《かん》ぺきよ！」と、ミス・ビアンカはニルスをほめました。

「たよりになった、この正確《せいかく》な地図のおかげでさあ。」と、ニルスはいいました。「さて、これからどこへいくね？」

ミス・ビアンカは、バーナードの教えてくれたことをすぐ思い出しました。ねずみの会《かい》議場《ぎじょう》は、大使《たいし》館《かん》の馬小屋《うまごや》の裏側《うらがわ》の、酒《さか》ぐらの地下にありました。――かりこんだしばふの上をよこぎっていけば、ねずみの足でひと走り。――そして馬小屋《うまごや》のなかに入れば、そこに標識《ひょうしき》がでています。（史跡《しせき》の近くには、かならず標識《ひょうしき》があるものです。）ニルスは、自分で、まちがいなく、会議場《かいぎじょう》をみつけることができるでしょうし、そのあいだに、彼女《かのじょ》は、まっすぐ、なつかしい大使《たいし》館《かん》のなかへ、かけもどることもできたのです……。

けれども、いくつかの理由《りゆう》のために、ミス・ビアンカは、このまともな道を選《えら》びませんでした。第一《だいいち》の理由《りゆう》は、正直にいえば、彼女《かのじょ》は、彼女《かのじょ》の英雄的行為《えいゆうてきこうい》を、みとめてもらって、みんなのまえで感謝《かんしゃ》をしてもらいたかったのです。それは、うぬぼれかもしれませんが、だれもがのぞむことです！

「さあ、わたくしたちは、会議場《かいぎじょう》へいくのです。」と、ミス・ビアンカはいいました。

「わたくしが、そこへ、ご案内《あんない》します。」

ミス・ビアンカは、モーターボートのなかにゴムぐつをぬぎすててきました。じつのところ、もう少しのところで、彼女《かのじょ》は、ゴムぐつを、モーターボートの外に、すててしまうところでした。けれども、そのゴムぐつは、ニルスのおかあさんのもので、おかあさんが返《かえ》してもらいたいと、考えているかもしれないと、あやうく思い出したのです。

5

出発《しゅっぱつ》の命令《めいれい》

1

会議場《かいぎじょう》では、ふたたび、四人友《しゅうじん》の会の総会《そうかい》がひらかれました。

じつのところ、この一週間というものは、ノルウェーのいちばん勇敢《ゆうかん》なねずみが、いつあらわれてもいいように、四人友《しゅうじん》の会の会員《かいいん》たちは、毎晩集《まいばんあつ》まっていたのです。なかには、ノルウェーねずみなど、ぜったいにあらわれるものかと思いこんでいた、うたがいぶかい会員《かいいん》もまじっていました。その連中《れんちゅう》は、議長《ぎちょう》ねずみをからかうためにだけ、会議場《かいぎじょう》にやってくるのでした。(この世《よ》でいちばんいじわるなことは、りっぱな試《こころ》みが失敗《しっぱい》するのをみてよろこぶことでしょう。だが、失敗《しっぱい》するかしないかは、だれにもわかりません。)けれども、大部分《だいぶぶん》は、まじめで、正直で、気のいいねずみたちで、ただ、わくわくするようなことがおこるのを、まちのぞんでいたのです。――そして、少しばかり、まちくたびれていました。

ですから、ニルスとミス・ビアンカが、議長《ぎちょう》ねずみと事務局長《じむきょくちょう》にみちびかれて、とつぜん、演壇《えんだん》の上にあらわれたときの、割《わ》れるような拍手《はくしゅ》は、想像《そうぞう》がつくと思います。

「さあ、みなさん、せいだいな拍手《はくしゅ》をねがいます！」と、議長《ぎちょう》ねずみは、とくい満面《まんめん》でいいました。

「拍手《はくしゅ》するなら、こういうときです。このかたは――」議長《ぎちょう》ねずみは、ミス・ビアンカのほうに頭をさげながらいいました。「ごらんのとおり、わが勇敢《ゆうかん》なるノルウェーのなかまを、ここによびよせるという使命《しめい》を、みごとにはたしたばかりか、彼《かれ》をつれて、自分でここにもどってこられたのです！　ばんざいをいたしましょう！」

「ばんざーい！」ねずみたちは、いっせいにさけびました。「ミス・ビアンカ、ばんざーい、ばんざーい！　なにかいってくれ！　声をきかせてくれ！」

ミス・ビアンカは、つつましやかに頭をふりました。そして、演壇《えんだん》のはしにすすみでて、しずかに頭をさげました。ただそれだけでしたが、そのようすが、また、やさしく美《うつく》しかったので、ねずみたちは、また、いっせいに拍手《はくしゅ》をおくりました。

「そして、あなたの、」と、議長《ぎちょう》ねずみは、こんどは、ニルスのほうをむいていいました。「勇気《ゆうき》と献身《けんしん》は……」

「なんてこたぁないですよ、議長《ぎちょう》さん。」ニルスは、ぼそりといいました。

「わたくしどもねずみ族《ぞく》の歴史《れきし》にかがやくものとなるでしょう！　ジャン・フロマージュ勲章《くんしょう》──」

「そうだ、そうだ！」と、会場のねずみたちが、さけびました。「ジャン・フロマージュ勲章《くんしょう》だ！　そのひとにジャン・フロマージュ勲章《くんしょう》をやってくれ！　ふたりとも、ジャン・フロマージュ勲章《くんしょう》だ！」

「わたくしのもうしあげたかったことは、」と、議長《ぎちょう》ねずみはいいました。「もし、この計画が、みごとに成功《せいこう》すれば、ジャン・フロマージュ勲章《くんしょう》など、『ニルスとミス・ビアンカ』の光のかげにうすれてしまうでしょう、ということなのです。どうぞ、ばんざいを！」

「ばんざーい！」また、いっせいに、さけびました。

このおおさわぎのなかで、バーナードは、どこにいたのでしょう？　いつものように、うしろのめだたない席《せき》にすわっていました。バーナードは、声さえもたてていませんでした。ミス・ビアンカの姿《すがた》をもう一度《いちど》見ることができて、感激《かんげき》のあまり声もでなかったのです。そのうえ、おさえてもおさえきれない一つの疑問《ぎもん》で、頭がいっぱいでした。ミス・ビアンカは、ニルスを案内《あんない》するためにだけ、ここへもどってきたのだろうか？　それとも、もしかしたら、ほかの理由《りゆう》があったのではないか？　彼女《かのじょ》が、その美《うつく》しさをあたりにふりまくようにして、演壇《えんだん》のはしにすすみでたとき、みんなに気づかれぬようにだったけれど、たしかに、だれかをさがしているようではなかったか？　女性《じょせい》のたしなみから、率直《そっちょく》に、だれかをさがしているなどとはいえなかっただろうが、たしかに、たしかに、さがしているようすではなかったか……？

バーナードは、いつのまにか、演壇《えんだん》にむかって、ふとい足でずしずしと歩きだしていました。ほかのねずみたちが、ゆくてをさえぎろうとも、少しも気にしませんでした。――ほかのねずみたちも、みんな、通路《つうろ》にたちはだかっていました。――バーナードは、ただ、できるだけミス・ビアンカのそばへいきたかったのです。

「わたくしたちが、どんなに感謝《かんしゃ》していますことか――」議長《ぎちょう》ねずみは、ニルスにいっていました。

「ミス・ビアンカ！」バーナードは、小声でよびかけました。

ミス・ビアンカは、すばやくあたりを見まわすと、演壇《えんだん》のはしに走りよってきました。そこにならんだ植木鉢《うえきばち》ごしに、バーナードとミス・ビアンカのひげがふれあいました。

「バーナード！」と、ミス・ビアンカは、息《いき》をひそめてよびました。

「しかし、あなただけが、くらやみ城《じょう》へいくのではありません！」と、議長《ぎちょう》ねずみが、声を高めていいました。（バーナードとミス・ビアンカは、そこのところを、少しききもらしたかもしれません。）「さて、みなさん。この勇《いさ》ましいノルウェーの友人とともに、力をあわせて、くらやみ城《じょう》へいく志願者《しがんしゃ》を求《もと》めます！」

それをきくやいなや、バーナードは、いまこそ、ミス・ビアンカに、自分の価値《かち》を示《しめ》そうと、「ぼくが、いきます！」と、さけびました。

ミス・ビアンカは、ふかく、息《いき》をすいこみました。こんなに心から歓迎《かんげい》されて――ノルウェーをたつときとくらべて、そのちがい！　――ミス・ビアンカは、胸《むね》があつくなりました。そして、それにもまして、バーナードの顔つきに、心を動《うご》かされました。

「わたくしも、まいります。」ミス・ビアンカはいいました。――彼女《かのじょ》の気持《きも》ちは、またかわってしまいました。

2

三びきは、委員室《いいんしつ》で、最後《さいご》の指示《しじ》をうけました。（委員室《いいんしつ》は、酒《さか》だる会議室《かいぎしつ》のとなりにころがっていた、古い馬車灯《ばしゃとう》でした。その昔《むかし》、御者《ぎょしゃ》のひとりが、地下の酒《さか》ぐらのなかになげこんだもので、囚人友《しゅうじん》の会会員たちが、何代《なんだい》かにわたって、それを、きれいな委員室《いいんしつ》に仕立《した》てあげたのでした。事実《じじつ》、その部屋《へや》には、一ぴきずつすわれる、クルミのからでつくったいすがあり、大きな会議場《かいぎじょう》より、はるかにいごこちのよい部屋《へや》でした。）

「ごあいさつをくりかえすのは、むだですので、」議長《ぎちょう》ねずみは、はきはきといいました。「ただちに、会議《かいぎ》をはじめます。あなたがたは、補給馬車《ほきゅうばしゃ》に乗《の》っていきます。ご存《ぞん》じのよ

うに――ノルウェーの友人には、お話ししておかなければなりませんが――くらやみ城《じょう》は、一年に一度《いちど》だけ、物資《ぶっし》の補給《ほきゅう》をうけます。一年に一度《いちど》、ただ一度《いちど》だけ、くらやみ城《じょう》の門は、小麦粉《こむぎこ》、ベーコン、ジャガイモ、そのほかのものをのせた馬車を入れるためにひらかれます。ミス・ビアンカのおかげで、ちょうど、その馬車にまにあいます。馬車は、看守《かんしゅ》たちのせきどめをつみこむために、この町の門でとまります。あなたがたは、明日の朝、五時きっかりに、その門でまっていてください。二週間かかる道のりのはずです。二週間たてば、」と、議長《ぎちょう》ねずみは、感動《かんどう》していいました。「あなたがたは、くらやみ城《じょう》のなかです！ご幸運《こううん》を祈《いの》ります。なにか質問《しつもん》は？」

ミス・ビアンカは、くびをふりました。彼女《かのじょ》は、同行の男性《だんせい》たちに、すべてをまかせています。ニルスは、あいかわらず、いわれたとおり、やるときがくれば、やるまでさと、顔色ひとつかえません。バーナードだけが、口をひらきました。

「くらやみ城《じょう》のなかに入ってからのことですが、」と、バーナードは、くそまじめなようすでききました。「具体的《ぐたいてき》には、どうやって囚人《しゅうじん》を助《たす》けだすのですか？」

「それは、みなさんにおまかせします。」議長《ぎちょう》ねずみは、さばさばといいました。「なにからなにまで、わたくしが考えるわけにはいきませんからね。」

3

つぎの朝です。町の門の外に、秋の夜明けの、やわらかい霧《きり》につつまれて、せきどめのはいった大きな箱《はこ》がいくつも、馬車につまれるのをまっていました。（くらやみ城《じょう》は、湿《しっ》気《け》がとてもひどいので、看守《かんしゅ》たちは、年じゅうせきをしていました。）そして、ニルスとバーナードとミス・ビアンカも、馬車をまちうけていました。三びきが、おたがいによりそい、ミス・ビアンカの歯《は》が、がちがちとなったのも、それは、夜明けのせいで、しずかだったばかりでなく、寒《さむ》かったこともありました。

ニルスは、船乗《ふなの》り用の長ぐつをはいていました。バーナードが、長ぐつなど、まったく役《やく》に立たないといったのに、そして、たしかに、不便《ふべん》でしたけれども、ニルスは、長ぐつをぬごうとしませんでした。

「話し合っても、むださ。」と、ニルスはいいました。「おいらは、長ぐつをぬいだら、おいらじゃなくなっちまうみてえだからな。それが、おいらたちノルウェーねずみっていうもんだ。」

ミス・ビアンカは、ニルスのいうことがよくわかるというように、ほほえみました。ミス・ビアンカは、自分の銀《ぎん》のネックレスを、おなじように感《かん》じていたからです。バーナードは、ネックレスも、こんどの冒険《ぼうけん》にふさわしくないものだといいました。どろぼうの目をひくことを、おそれたのです。けれども、ネックレスなしでは、ミス・ビアンカは、自分が自分のように思えなくなるでしょう！

彼女《かのじょ》は、化粧道具《けしょうどうぐ》と、一本のせんすを入れた、小型《こがた》のスーツケースだけをもっていきました。（買《か》い物《もの》をする時間など、ほとんどありませんでした。）バーナードは、一本のかたいこん棒《ぼう》と、非常食《ひじょうしょく》の封《ふう》ろうを、＊水玉もようの大きなハンカチにつつんでもっていきました。

「きこえるわ！」と、ミス・ビアンカが、するどくいいました。

鈴《すず》の音がきこえ、うすれゆく霧《きり》のなかから、大きな馬車が、こつ然《ぜん》と、姿《すがた》をあらわしました。四頭の大きな馬が、馬車をひいていました。はるか上のほうで、頭が、はげしく動《うご》いています。そして、馬の頭よりもっと上で、大きな声がさけびました。

「どう、どう、どう！」

馬車は、とまりました。

「乗《の》りこめ！」と、ニルスがさけびました。

ニルスは、引《ひ》き綱《づな》をつたって、すばやくかけあがりました。バーナードは、ミス・ビアンカの小型《こがた》のスーツケースをもってやり、すぐ彼女《かのじょ》に、ニルスのあとをおわせました。三びきが、小麦粉《こむぎこ》ぶくろのあいだに、どうやらかくれたそのとたん、どさどさと、ものをつみこむ音がしました。せきどめのはこが、つみこまれたのです。そして、また、大きなさけび声がきこえ、むちが、ぴしりとなり、馬車は、くらやみ城《じょう》さして動《うご》きだしました。

＊ 封《ふう》ろう——手紙の封筒《ふうとう》やびんの栓《せん》を閉《と》じたりするのに使《つか》う樹脂《じゅし》製《せい》のろうのこと。

6

たのしい旅《たび》

1

三びきの乗《の》ったのは、先頭の馬車でした。そのあとに、馬車が五台つづきました。どの馬車にも、小麦粉《こむぎこ》と、ベーコンと、ジャガイモと、黒い糖《とう》みつがつまれていました。そして、先頭の馬車には、そのほか、せきどめと、チューインガムと、葉巻《はまき》がつまれていました。こういうぜいたく品《ひん》は、看守《かんしゅ》たちのためのものでした。――せきどめは、看守用《かんしゅよう》、チューインガムと葉巻《はまき》は、監獄長《かんごくちょう》のためでした。

こんな荷物《にもつ》をつみこみ、おそろしい目的地《もくてきち》へむかっていたのですから、旅《たび》は、おそろしいものにちがいないと考えるのがふつうです。ミス・ビアンカは、バーナードが、小麦粉《こむぎこ》ぶくろのあいだにつくってくれた、小さなテントの下で、毎晩寝る《まいばんね》ときに、きっと泣《な》いてしまうだろうと思いました。

ところが、少しも、そうではなかったのです。たのしむことができたどころか、たのしくないのが、ふしぎなくらいでした。六台の大きな馬車は、十月の強い太陽《たいよう》をあびて、鈴《すず》をならし、馬具《ばぐ》をきらめかせながら、田園のなかを、ゆっくりとゆれながらすすみました。あたりの木の葉は、まっ赤に色づき、刈《か》り株《かぶ》畑《ばたけ》は、こがね色でした。鈴《すず》の音の、なんとここちよくひびくこと！　胸《むな》がい*とひたいのバンドにちりばめた、星と三日月の金具《かなぐ》の、なんとよく光ること！　――それに、たてがみとしっぽに編《あ》みこんだ、きれいなリボン！　秋にふさわしい赤と黄とオレンジの三色のリボンが、くり毛やぶちの馬の美《うつく》しさを、いっそうひきたてていました。なかでもすばらしかったのは、六台の馬車が、つかずはなれず、ちょうど海をすすむ六そうの軍船《ぐんせん》のように、おなじようにゆれながらすすんでいくことでした。

「おいらたち、帆《ほ》をはらなくっちゃ！」ニルスは、馬車の尾板《おばん》にかけあがりながらいいました。「ならんでつづくは、五そうの軍船《ぐんせん》、おいらの乗《の》るのは、提督《ていとく》の船！」

三びきは、おどろくほど早く、この馬車になれてしまいました。馬車全体《ぜんたい》を、自由《じゆう》につかえました。御者《ぎょしゃ》は、前方の高い御者席《ぎょしゃせき》にすわったきりで、一日に一度《いちど》、荷物《にもつ》がきちんとしているかどうか、たしかめるだけでした。三びきは、先頭の馬車をひく四頭の馬の名まえも、すぐにおぼえてしまいました。キングと、プリンスと、エンペラーと、アルバートでした。アルバートは、ミス・ビアンカのお気に入りでした。（アルバートは、上品《じょうひん》なおちついた表情《ひょうじょう》をしていました。ミス・ビアンカは、アルバートは、おちぶれて馬車馬になったのではなくて、自分で世《よ》をすてた馬なのだと信《しん》じこんで、バーナードに、そういいました。――競技会《きょうぎかい》で、つぎつぎと賞《しょう》をとり、そのうち、そのようなみせかけだけの名誉《めいよ》がばかばかしくなって、いまでは、身分《みぶん》をかくして、もっと役立《やくだ》つことのためにはたらいているのだと、ミス・ビアンカは、いうのです。）

食べものにかんしては、もちろん、これほどめぐまれたねずみたちはいなかったでしょう。馬車が、そっくりそのまま、大きな動《うご》く食堂《しょくどう》だったのですから！

昼は、そのようなぐあいでしたが、夜は夜で、六台の馬車がよりそってとまり、六人の陽気《ようき》な御者《ぎょしゃ》たちは、たき火のまわりで、どっさり晩《ばん》ごはんを食べると、物語《ものがたり》を話したり、歌をうたったりしました。ひくい声で、六人が声をあわせて、愛《あい》するものや、いこいの場《ば》所《しょ》をけっしてわすれないと、うたっているのをきくと、ミス・ビアンカでさえ、その声は、美《うつく》しいと思いました。（胸《むね》をうつメロディーが、つぎつぎにうたわれるたびに、ミス・ビアンカの目に、なみだがうかびました。――彼女《かのじょ》は、胸《むね》をうたれるのをまるで期待《きたい》でもしているようでした。でも、特別《とくべつ》の理由《りゆう》もあったのです。このなみだは、たのしんで流《なが》すなみだでした。――それはちょうど、悲《かな》しい歌でも、陽気《ようき》な御者《ぎょしゃ》たちがうたえば、たのしくなるようなものでした。）

毎晩《まいばん》、ミス・ビアンカとバーナードとニルスは、歌をきくために、馬車をぬけだして、御者《ぎょしゃ》たちのそばへしのびよりました。ニルスは、船乗《ふなの》り歌に少しでも似《に》た歌があれば、それにあわせてうたいました。歌がおわると、三びきならんで、きれいな月の下を、散歩《さんぽ》してかえりました。まるで、音楽の都《みやこ》ザルツブルクにいるような気分でした。

ニルスとバーナードは、とてもよい友だちになりました。二ひきに共通《きょうつう》したところはあまりありませんでしたけれど、ゆくてにどんな危険《きけん》がまちかまえていようとも、おたがいにたよりにできる強いやつだと、感《かん》じとっていたからです。――ニルスとバーナードは、ゆくての危険《きけん》についても話し合うこともしなければ、囚人救出《しゅうじんきゅうしゅつ》の大仕事《おおしごと》について計画らしいことを相談《そうだん》することもしませんでした。ニルスが、いったとおり、橋《はし》にくるまで、橋《はし》はわたれないというわけです。それに、三びきは、とてもたのしんでいたので、そのたのしさに、暗《くら》いかげりをもたせたくなかったのです。

2

時どき、野ねずみの群《む》れが、おとずれてきました。すると、しずかな馬車のなかは、たいへんなさわぎになりました。村じゅうのねずみたちが、そっくりそろって、やってくることもありました。——とうさんねずみに、かあさんねずみ。おじさんねずみに、おばさんねずみ。それから、もちろん、子ねずみたち。——ぜんぶがぜんぶ、しゃべったり、口げんかをしたり、うわさばなしをしたり、悪口《わるぐち》をいったり。いろいろなことを、つぎからつぎへとききくくせに、こちらの答えなどしらん顔。

「どこへいくんだべ？　なにしにいくんだべ？」野ねずみたちは、口うるさくききます。

「あれまあ、小麦粉《こむぎこ》ぶくろが、どっさりあるじゃねえか！　信《しん》じられねえよ！　どっからきたんだべ？　このはこんなかにゃ、なにが、はいってんだべ？　な、アメリア、見てみなよ、こいつの長ぐつ！　なんで、長ぐつ、はいてんだべ？　そいから、おじょうさんのくびかざり！　すげえもんだ！　おんや、こっちのやつの足を見てみな、なんで、長ぐつはいてねえだべ？　ふとい足にはけるのが、みつか

んねえからか？　へっへっへ。」

「きこえないふりしていらっしゃい。」と、ミス・ビアンカが、バーナードにいいました。「なにも知らないいなかものよ。おぎょうぎをべんきょうするひまがなかったのよ。」

ミス・ビアンカは、野ねずみたちにきこえないように、せんすのかげで、そっといったつもりでした。けれども、野ねずみたちは、とても耳がいいので、それをきいて、おこりだしました。

「おぎょうぎを知らないんだと、ばかにしくさる。」と、声をあわせていいました。「きいたか、アメリア？　このおじょうさんのいうことにゃ、おらだちぁ、おぎょうぎをべんきょうするひまがなかったと！　ダンスをならいにいってるもん、手をあげな！　むぎわらステップに、ほし草ステップのできるもん、手をあげな！　おじょうさんに、おらだちの、納屋《なや》ダンスを見せてえもんだ！　おいきた、ひとつ、おっぱじめるか！」

そういうと野ねずみたちは、ほんとに、馬車の床《ゆか》で、『いなか紳士《しんし》』のダンスをはじめました。腕《うで》をくんで……背中《せなか》をあわせ……ごあいさつ……それから、ほかのステップも、野ねずみたちは、おどりはじめました。──と思ったら、三十秒《びょう》もたたぬまに、もう、べつのことをやっています。葉巻《はまき》のはこに、とびのったり、とびおりたり、小麦粉《こむぎこ》ぶくろをかじったり、糖《とう》みつのかんから、すべりおりたり。おまけに、ひとときも、おしゃべりをやめません。

「おどろいたわ！　いなかのひとたちって、のっそりぼんやりしているとばかり思っていたのに。」と、ミス・ビアンカはいいました。「わたくし、少し、よこになるわ……」

バーナードが、ミス・ビアンカのために、荷台《にだい》の横板《よこいた》につかってある二枚《まい》の板《いた》のあいだにすばらしいベランダをみつけてくれました。ミス・ビアンカは、そこでひるねをしながら、うつりかわる景色《けしき》を見物《けんぶつ》することもできました。そこは、なんとなく、ミス・ビアンカの個室《こしつ》のようになっていましたが、彼女《かのじょ》は、バーナードとニルスを、いつでも、そこへまねきました。バーナードのほうは、いつでも、よろこんでやってきました。（ニルスは、船尾《せんび》とかってによんでいる、一段《だん》高いところのほうが気に入っていました。）ミス・ビアンカとバーナードは、ゆっくりと話しあい、おたがいの、それまでの生活を語りつくしました。

「あなたの見た、宮殿《きゅうでん》や大使館《たいしかん》にくらべれば、」バーナードは、うらやましそうにいいました。「ぼくのまわりなど、たいくつきわまりないだろうなあ。」

「とんでもありませんわ。」と、ミス・ビアンカがいいました。「たえずはなやかにふるまっていることほど、たいくつなことはありませんわ。あなたのおっしゃった、料理部屋《りょうりべや》の暮《く》らしのほうが、はるかにおもしろそうですわ。」

二ひきは、何時間も、このように話し合いました。ミス・ビアンカが、大使館《たいしかん》の大広間が、六百ものバラの花でかざられる、音楽会の夜のことなど説明《せつめい》すれば、バーナードは、料理部屋《りょうりべや》の運動会《うんどうかい》の日のようすなどを話すのでした。（いちばんだいじな競技《きょうぎ》は、せとものの棚《だな》のいちばん上を、二周《しゅう》する競走《きょうそう》でした。せとものにさわれば、五点減点《げんてん》です。）それから、子ども時代《じだい》の思い出も語りました。ミス・ビアンカが、ピンクの絹《きぬ》のまくらの上で、目をさましたことを話せば、バーナードは、クルミを家までころがす手つだいをしたことなどを話しました……。

たのしい時が、すぎていきました。夜は、歌と物語《ものがたり》で時をすごし、昼は昼で、たのしい話がつづきました。そして、馬車の両側《りょうがわ》には、美《うつく》しい景色《けしき》が、ひろがっていました……幸《しあわ》せな時がすぎていきました。それが、いつまでもつづけば、こんな幸《しあわ》せなことはないでしょう！

しかし、日がたち、馬車がすすむにつれ、あたりの景色《けしき》が、かわりはじめました。

3

「あたりの景色《けしき》が、かわってきたぞ。」と、バーナードが、おちつかないようすでいいました。

「そうとも、」と、ニルスがいいました。「船は、地中海にでましだ。」

ミス・ビアンカは、ニルスのいおうとした意味《いみ》が、わかりました。豊《ゆた》かな畑《はたけ》と、まっ赤に色づいたモミジの木は、姿《すがた》を消《け》し、そのかわりに、ヒースとねじれたモミの木だけが、目にうつりました。――たしかに、馬車の列《れつ》は、冷《つめ》たい地方に近づいていたのです……ミス・ビアンカは、びくっと身《み》をふるわせて、せんすを、小型《こがた》のスーツケースのなかにしまいこみました。

それが、八日目だったのです。そして、十日目、馬車は、不毛《ふもう》の荒野《こうや》にさしかかりました。ここには、木一本なく、それどころか、草も、まったく育《そだ》たず、石ころだらけの荒野《こうや》のあちこちに、大きな岩や石が、ころがっているだけでした。そして、一本の道だけが、えんえんとつづいていました。だが、馬は、気がすすみませんでした。しばらくいってはとまり、足もとのなにか白いものにおびえては、棒立《ぼうだ》ちになるのでした。そのたびに、御者《ぎょしゃ》たちは、とびおりて、馬をひっぱらなければなりませんでした。

「なにが、馬をそんなにおどろかせるのかしら？」と、ミス・ビアンカが、ふしぎそうにききました。

バーナードは、そのわけを教えたくなかったのですが、ミス・ビアンカが、どうしても知りたがるので、こたえなければなりませんでした。

「骨《ほね》ですよ。」と、バーナードは、気味《きみ》わるそうにいいました。「くらやみ城《じょう》へ歩かされるとちゅうで、死《し》んだ囚人《しゅうじん》たちの骨《ほね》ですよ。」

ミス・ビアンカは、からだをふるわせて、それ以上《いじょう》なにもききませんでした。足かせのくさりが、ついたままの骨《ほね》もありました。囚人《しゅうじん》がたおれて、そのまま、おきざりにされ、カラスがむらがって、骨《ほね》だけにしてしまったのです。

馬のなかでいちばん勇気《ゆうき》のあるアルバートでさえ、全身《ぜんしん》でふるえていました。からだにつけた鈴《すず》も、鳴っているのではなく、死《し》んだ囚人《しゅうじん》たちをとむらうように、悲《かな》しげにふるえて、かすかな音をたてていました。

野ねずみたちも、もうとっくに、姿《すがた》を消《け》していました。不毛《ふもう》の地では、生きているものは、なにもありません。

夜になると、御者《ぎょしゃ》たちは、気持《きも》ちがめいらないように、歌をうたいました。ニルスとバ

ーナードとミス・ビアンカは、馬車から外へでませんでした。

十二日目、道が、けわしくなりはじめました。大きな岩石が、馬車の列《れつ》の両側《りょうがわ》にせまり、やがて、それが、岩の壁《かべ》となり、つぎには、岩の崖《がけ》、そして、ついには、切り立つ絶壁《ぜっぺき》になりました。馬車の列《れつ》は、山道をのぼっていくのにもかかわらず、すすめばすすむほど、両側《りょうがわ》の絶壁《ぜっぺき》は高くなり、まるで、かたくなったあらしの雲が、頭のはるか上に、おおいかぶさるような感《かん》じになりました。そして、がい骨《こつ》は、ますますふえていきました。

それが、さらに二日つづきました。

そして、十四日目、まったくとつぜんに、山の頂《いただ》きについたのです。そして、目の前に、さらに高くそびえるのが、ほかならぬ、くらやみ城《じょう》でした。

一行は、とうとう、ついたのです。

まるで、山そのものが、二つに割《わ》れるように、巨大《きょだい》な鉄《てつ》の門が、ゆっくりとひらき、馬車の列《れつ》は、入っていきました。

＊ 胸《むな》がい――馬具《ばぐ》の一つ。馬の胸《むね》から鞍《くら》へかけわたすひも。

7
くらやみ城《じょう》

1

それは、おそろしい瞬間《しゅんかん》でした。そしてそこは、おそろしい場所《ばしょ》でした。

馬車のうしろには、巨大《きょだい》な二重《ふたえ》壁《かべ》の出入り口。中庭《なかにわ》のぐるりには、不気味《ぶきみ》な、窓《まど》のない黒壁《くろかべ》が、目のとどかぬ高さまでそそりたっていました。壁《かべ》には、ツタやツルは、まったくはえていません。足もとのしき石のあいだには、毒《どく》キノコさえ見あたりません。すべてが、鉄《てつ》のようにかたく、鉄《てつ》のようにつめたく、古鉄《ふるてつ》のように黒ずんでいます。

空気は、井戸《いど》のなかの空気のようによどんでいました。そして、それほど高くないところに、二、三羽《ば》の黒ハゲタカが、音もなく舞《ま》っています。

まるで、くらやみ城《じょう》が、御者《ぎょしゃ》たちさえおびえさせているのか、彼《かれ》らは、無言《むごん》で荷物《にもつ》をおろしはじめました。まえにもこの仕事《しごと》をやったことがあるので、命令《めいれい》も指示《しじ》も、うける必要《ひつよう》はありませんでした。御者《ぎょしゃ》たちは、少しでも早く、仕事《しごと》をかたづけたかったのです。おとなしい馬たちは、不安《ふあん》そうに、鼻《はな》をならし、いななきました。人間の声といえば、きこえるものは、せきどめのはこがおろされるのをまっている、看守《かんしゅ》たちのせきばかりでした。

「さあ、これから、どうするの?」ミス・ビアンカがささやきました。三びきは、馬車からとびおりて、車輪《しゃりん》のかげに、身《み》をよせあってかくれていました。

「ここでようすを見て、それからいちばん上等《じょうとう》の長ぐつについていくんだ。」と、ニルスが、小声でいいました。

たくさんの長ぐつが、足音も荒《あら》あらしく、あたりを動《うご》きまわっています。――残忍《ざんにん》な看《かん》守《しゅ》たちのどたぐつも、くらやみ城《じょう》のほかのものとおなじように、まっ黒でした。いまや、バーナードさえ、顔色が、少し青くなりました。けれども、勇気《ゆうき》をだしてうなずきました。

「きみが、指揮《しき》をとってくれ。」バーナードは、ささやきました。

三びきは、じっとまちました。時間が、とても長く感《かん》じられました。――ニルスは、そ

のあいだ、そばをとおる足を、注意《ちゅうい》ぶかくしらべていました。船乗《ふなの》りは、いつでも長ぐつに目をつけるものです。いつも見なれた長ぐつとはちがっていましたが、ニルスは、すぐに、それとおぼしきやつに目をつけました。とうとう、馬車が、ふたたび列《れつ》をつくって動《うご》きだし、看守《かんしゅ》たちがちりはじめました――

「おいらにつづけ!」ニルスは、ためらわずにさけびました。

ミス・ビアンカは、最後《さいご》の馬車の尾板《びばん》を、別《わか》れおしげに、じっと見つめました。門をくぐりぬけただけで、馬車に、日の光が、ふりそそぐように見えました。御者《ぎょしゃ》たちは、もう大声でよびあっています。馬車は、陽気《ようき》な、日のあたる土地をさしてもどっていくのです。馬も御者《ぎょしゃ》も、どんなにうれしいことでしょう! ミス・ビアンカは「もし、わたくしも、いっしょにかえれるなら!」と、考えました。

彼女《かのじょ》は、もう少しで、馬車のあとを追《お》って、かけだしそうになりました。門は、まだ、しまりきっていませんでした。一生けんめい走れば、まにあうかもしれない。馬車の荷台《にだい》にかけあがれば、安全《あんぜん》で平和《へいわ》なところへはこんでいってもらえるのです……。

「ミス・ビアンカ、」と、バーナードが、真剣《しんけん》な声でよびました。「いそいでください!」

彼女《かのじょ》は、ため息《いき》をついて、気高い任務《にんむ》にしたがいました。

2

「穴《あな》があるかい？」と、ニルスがききました。

「あそこだ。だんろのよこだ。」バーナードが、ささやきかえしました。（バーナードは、家のなかでは、ニルスより、はるかに頭がはたらきました。）「走りこむんだ、早く、ミス・ビアンカ！」

その直後、三びきは、しばらくは安全《あんぜん》と思われるかくれ場所《ばしょ》から、監獄長《かんごくちょう》の居間《いま》を見まわしていました。

いちばん上等《じょうとう》の長ぐつについてきたら、この部屋《へや》にきたのです。そして、その長ぐつが、また、ずしずしと部屋《へや》からでていくまえに、しのびこんだのです。――ほんとに、幸運《こううん》なことでした！　しかも、バーナードがみつけたこの穴《あな》が、くらやみ城《じょう》のなかで、たった一つの、ねずみ穴《あな》だったのです。監獄《かんごく》じゅうの、ほかの部屋《へや》のどこをさがしても、板張《いたば》りの壁《かべ》は、なかったのです。下の地下牢《ちかろう》はもちろん、上の物見《ものみ》の塔《とう》にいたるまで、壁《かべ》は、むきだしの岩のままか、花崗岩《かこうがん》をつみかさねただけのものでした。(看守《かんしゅ》たちの寝室《しんしつ》の壁《かべ》でさえ、ろくな上ぬりはしてなかったのです。)三びきは、もちろん、そのときは、まだその幸運《こううん》に気づいていませんでした。広い監獄《かんごく》のなかはさておいて、三びきは、あとになれば、すみからすみまで知りつくしてしまう監獄長《かんごくちょう》の部屋《へや》のなかを、ひとわたり見わたしました。

「まあ、きれい!」ミス・ビアンカは、おどろいて、息《いき》をのみました。

ひと目見たときには、監獄長《かんごくちょう》の居間《いま》は、たしかにきれいでした。腰高《こしだか》の板張《いたば》りのその上の壁《かべ》は、見たところ、とても美《うつく》しいまだらの色もようの壁紙《かべがみ》が、はってあるようでした。

――赤、青、茶、黄のさまざまな色もよう。

「まるで、チョウみたいだわ!」ミス・ビアンカは、感心《かんしん》していいました。――そして、つぎの瞬間《しゅんかん》、ふるえだしました。よく見れば、それらの色もようは、ほんもののチョウだったのです。一ぴきずつ、虫ピンで、壁《かべ》につきさしてありました。いたんだ羽《はね》からもわかるように、たくさんのチョウは、殺虫《さっちゅう》びんでころされずに、生きたまま、壁《かべ》につきさされたものでした。そして、どの壁《かべ》も、上半分は、チョウでおおわれていたのです。監獄長《かんごくちょう》は、何年も何年もかかって、たくさんのチョウを集《あつ》め、いためつけていたにちがいありません。監獄長《かんごくちょう》には、ほかにも悪《わる》いくせのあることが、ひと目でわかりました。床一面《ゆかいちめん》に、葉巻《はまき》の吸《す》いがらや、チューインガムのつつみ紙などが、ちらばっていました。子どものときから、口のなかに、たえずなにかを入れていなければいられなかったらしく、そのくせ、あとしまつをすることなど知らずに、大人になってしまったのにちがいありません。

「ごめんなさい。でも、わたくし、ほんとに、気がとおくなりそうなの。」と、ミス・ビアンカはいいました。

「奥《おく》へ入って、よこになりたまえ。」と、バーナードが、やさしくいいました。「穴《あな》の奥《おく》は、少しも、よごれていないらしい。」ミス・ビアンカが、感謝《かんしゃ》して穴《あな》の奥《おく》へ入っていくと、バーナードは、ニルスにむかっていいました。「――それに、あいつは、近眼《きんがん》じゃないかな？　足もとにいたわれわれに、気づかなかったじゃないか？」

「あんまりでぶだから、腹《はら》の下が見えなかっただけさ。」と、ニルスが、ぞんざいにいいました。「これまでのようすじゃあ、おいらたちが、どんなに走りまわろうと、あいつには、つかまりっこないな。だがな、まさか、ねこをかっちゃ、いないだろうな……」

ねこときいたとたん、バーナードは、とてもいやなことを思い出しました。すべてのはじまりだった、あの囚人友《しゅうじん》の会の総会《そうかい》で、一ぴきの年よりねずみのいったことばです。たしかに、はっきりと、監獄長《かんごくちょう》のねことはいわなかったか？「大きさは、ふつうのねこの二倍《ばい》、そして、そのどう猛《もう》さは、ふつうのねこを四ひきあわせたくらい。」――バーナードは、そのことばを、一字一句《く》、思い出しました。

「ところが、ねこを、かっているんだ。」と、バーナードは、ゆううつそうにいいました。といったとたん――監獄長《かんごくちょう》は、いつもドアをあけっぱなしにしておくのが好《す》きなので――そこから、ねこのマメルークが、のそのそと、部屋《へや》のなかに入ってきました。すばらしくよく気のつくバーナードは、葉巻《はまき》の吸《す》いがらを、ぐいとひっぱって、穴《あな》の入口をふさぎました。こうして、ねずみの臭《にお》いが、外にでるのをふせいでおいて、バーナードとニルスは、このいやな臭《にお》いのバリケードの上のすきまから、ねこのマメルークのようすをながめました。

ねこのマメルークは、あくびをして、のびをして、それから、監獄長《かんごくちょう》のひじかけいすにとびのりました。マメルークは、ベルシャねこの血《ち》がまじった、巨大《きょだい》な黒ねこでした。毛

は、かみなりの雲を思わせ、目は、よごれたエメラルドのようでした。うす目をあければ、相手《あいて》をおびやかし、かっと見ひらけば、眠《ねむ》りにさそいこむようでした。相手《あいて》がねこでも、彼《かれ》の自信《じしん》にあふれたさまを見るだけでたじろぎました。監獄長《かんごくちょう》の威《い》を借《か》りて、くらやみ城《じょう》の王さまを気どり、こわいものはありませんでした。

「いやな、やつだ、ふん。」と、ニルスが、つぶやきました。

「ミス・ビアンカを、ぜったいに近づけるな。」と、バーナードがいいました。

「彼女《かのじょ》だったら、二口にもたりないとこだな。」と、ニルスが、あいづちをうちました。

とはいうものの、おれたち、どちらも、二口にたりないじゃないかと、二ひきは、同時に思いました。二ひきは、それから数分、だまってマメルークを見つめていました。それからもの思いにふけりながら、ミス・ビアンカのそばにいきました。そして、どんなことがあっても、ぜったいに、ひとりで、穴《あな》の外にでないようにと、彼女《かのじょ》に忠告《ちゅうこく》しました。

3

その穴《あな》が、三びきの隠《かく》れ家《が》となりました。

その家には、いくつかの欠点《けってん》がありました。穴《あな》の外の居間《いま》に、マメルークがいつあらわれるかわからないし、穴《あな》の入口の葉巻《はまき》の臭《にお》いは、必要《ひつよう》なのだけれども、ミス・ビアンカは、その臭《にお》いをかぐと気持《きも》ちがわるくなりました。けれども、ニルスとバーナードが、危険《きけん》をおかして二、三度《ど》偵察《ていさつ》した結果《けっか》、ほかには、どこにも、かくれ場所《ばしょ》がないことがわかったので、三びきは、そこを住《す》みよいようにくふうしました。とにかく、その穴《あな》は、外のもの音をきく場所《ばしょ》としては最高《さいこう》でした。

三びきは、そこを、じつにうまく利用《りよう》しました。

壁《かべ》の羽目板《はめいた》から直角につうじている通路《つうろ》は、六センチ半ほどの長さがあり、そこが、ロビーとなりました。バーナードのこん棒《ぼう》と、ニルスの船乗《ふなの》り用の長ぐつと短剣《たんけん》、そして、ミス・ビアンカの小型《こがた》のスーツケースを、そこにおきました。（ぜったいに、きちんとおく必要《ひつよう》がありました。監獄長《かんごくちょう》が、わるい見本です。）そして、その先に、板《いた》と岩とのすきまの、だんろと外側《そとがわ》の壁《かべ》とのあいだに、けっこう広い場所《ばしょ》がありました。

バーナードは、マッチばこの板《いた》をつかって、うまいぐあいに、部屋《へや》を区切《くぎ》りました。――監獄長《かんごくちょう》の居間《いま》の床《ゆか》に、からのマッチばこが、いくらでもすててあったのです。――ミス・ビアンカの寝室《しんしつ》をだんろのそばにつくり、反対側《はんたいがわ》に、それより大きめの部屋《へや》を自分とニルスの寝室用《しんしつよう》にとり、そしてそのあいだが、共用《きょうよう》の居間《いま》になるように区切《くぎ》りました。そこから先は、ミス・ビアンカの仕事《しごと》でした。彼女《かのじょ》は、室内装飾《そうしょく》には、興味《きょうみ》をもっていました。専門家《せんもんか》の助《たす》けがなかったことが、かえって彼女《かのじょ》のセンスをするどくさせました。明るいもようのチューインガムのつつみ紙が、壁紙《かべがみ》になり、床《ゆか》の上には、監獄長《かんごくちょう》の紙くずかごの封筒《ふうとう》から、じょうずにかみとった切手が、ならべられました。自家製《じかせい》の、まあまあ見ばえのする、パッチワークのじゅうたんができました。

それから、ミス・ビアンカは、自分の手で、いくつか、美《うつく》しい造花《ぞうか》をつくりました。――上品《じょうひん》な暮《く》らしに、欠《か》くことのできないものです。――パンくずを、赤インク、青インクでそめてつくりました。

食料《しょくりょう》については、少しも心配《しんぱい》する必要《ひつよう》はありませんでした。というのも、監獄長《かんごくちょう》は、食《しょく》事《じ》を、かならず、おぼんにのせてはこばせて、居間《いま》で食べたのですが、たいへん、ぎょうぎのわるい食べかたをしたのです。ミス・ビアンカは、チーズで、ラッパズイセンを、一つ二つ、つくれたほどでした。

もちろん、大工仕事《しごと》や、壁紙《かべがみ》をはるような、力のいる仕事《しごと》は、ニルスとバーナードがやりました。ミス・ビアンカは、デザインを考えるのが役目《やくめ》でした。

こういう仕事《しごと》は、時間がかかるものです。けれども、いそがしくてちょうどよかったのです。そうでなければ、三びきは、がまんできないほど、気持《きも》ちが、しずみこんでしまったでしょう。

4

たしかに、三びきの気持《きも》ちは、しずみこんでいました。

ここについてから、三びきのやったはじめての仕事《しごと》は、囚人《しゅうじん》友の会のくらやみ城支部《じょうしぶ》を結成《けっせい》することでした。ニルスとバーナードは、ミス・ビアンカを議長《ぎちょう》に推《すい》せんし、バーナードが、事務局長《じむきょくちょう》になりました。そして、週に一回、総会《そうかい》をひらきました。ところが、総《そう》会《かい》は、回を重《かさ》ねるにつれて、会議《かいぎ》の時間がみじかくなり、空気は、ゆううつになっていきました。というのも、三びきが、いろいろな情報《じょうほう》を集《あつ》めれば集《あつ》めるほど、彼《かれ》らの任務《にんむ》が、不可能《ふかのう》に思えてくるからでした。

たとえば、はじめのころの議事録《ぎじろく》を、簡単《かんたん》にまとめると、つぎのようなことが書いてありました。

囚人《しゅうじん》は、岩を、ふかくほってつくられた地下牢《ちかろう》に、ひとりずつとじこめられていた。

そして、これらの地下牢《ちかろう》は、けっしてひらかれることがなかった。食事《しょくじ》(黒パンに糖《とう》みつ)は、一日に一度《いちど》だけ、毎朝、天井《てんじょう》の格子《こうし》から、さしこまれた。格子《こうし》は、細長い石の通路《つうろ》の床《ゆか》にはめこまれたもので、その通路《つうろ》は、かぎのついた鉄《てつ》のとびらによって、城《しろ》のほかの部分《ぶぶん》と区切《くぎ》られていた。

情報《じょうほう》の出所《でどころ》——監獄長《かんごくちょう》の居間《いま》で、監獄長《かんごくちょう》が、新入りの看守《かんしゅ》に注意《ちゅうい》をあたえていたのを、全員《ぜんいん》が、ぬすみぎきしたもの。

疑問《ぎもん》——囚人《しゅうじん》は、どこから地下牢《ちかろう》につれこまれるのか? 全員《ぜんいん》その疑問《ぎもん》に回答できず。

鉄《てつ》のとびらは、ねずみのはいでるすきまもなし。

情報《じょうほう》の出所《でどころ》——ニルス。

もちろん、その鉄《てつ》のとびらは、一日に一度《いちど》だけ、食事《しょくじ》を入れたかんをはこぶ看守《かんしゅ》が、かぎをあけます。そのとき、ニルスは、やすやすと入れるはずでした。——だが、ねこのマメルークが、いたばっかりに、それもだめでした。そのようすは、つぎのように書いてありました。

マメルークは、看守《かんしゅ》の食事《しょくじ》はこびについてまわった。そして、格子《こうし》があけられるやいなや、地下牢《ちかろう》にとびおり、囚人《しゅうじん》が食事《しょくじ》をしているあいだじゅう、つばをはきかけ、食《しょく》事《じ》がすむと、からのかんにのってもどってくるのだった。これが、マメルークの、残《ざん》忍《にん》なたのしみであった。

情報《じょうほう》の出所《でどころ》――ニルスとバーナードが、ぬすみぎきした看守《かんしゅ》たちの話。

少数意見《いけん》――マメルークは、囚人《しゅうじん》たちを、なぐさめようとしていたのかもしれない。――ミス・ビアンカ。

食事《しょくじ》はこびの看守《かんしゅ》は、ニルスに気がつかないかもしれませんが、マメルークが、見のがすはずがありません。

「そのうち、どっちみち、おいらは、やるぜ！」と、ニルスが、やぶれかぶれにいいました。「おいら、ノルウェーをでてから、かわいそうな囚人《しゅうじん》に、まるで近づいていないじゃないか！」

「ばかをいうな。」と、バーナードが、たしなめました。「万に一つの見込《みこ》みもないぞ。地下にはかくれ場所《ばしょ》が、どこにもないんだ。そっくりそのまま、大きな、ねずみとりだぞ。」

くらやみ城全体《じょうぜんたい》が、それよりも大きなねずみとりのようなものでした。大きな門をのぞいて、どこにも出口はありません。馬車は、南から城《しろ》に近づきました。北側《きたがわ》は、山脈《さんみゃく》を、ざっくりとたてにそぎとったような、身《み》の毛《け》もよだつ絶壁《ぜっぺき》で、そのふちに城《しろ》がたっていました。はるか下を川が流《なが》れ、目のとどくかぎり、橋《はし》らしいものは見えません。そして、川の向《む》こう岸《ぎし》には、馬車がとおってきたとおなじような、不毛《ふもう》の荒野《こうや》が、ひろがっていました。だから、北側《きたがわ》には、番人がいなかったのです！　また、門の上の物《もの》見《み》の塔《とう》で、番人が見はりをする理由《りゆう》も、ほとんどありませんでした……。

「地下牢《ちかろう》から、彼《かれ》を助《たす》けだすことができたとしても、」と、バーナードが、ゆううつそうにいいました。――「彼《かれ》」とは、もちろん、ノルウェー人の詩人《しじん》のことですが――「どうやって、城《しろ》からつれだすことができるんだ？」

これは、三びきが、総会《そうかい》でなく、居間《いま》にすわっていたときに話したことでした。三びきは、スギの木のたき火をかこんですわっていました。（葉巻《はまき》のあきばこは、とてもよくもえました。）おどるようなほのおのかげが、はったばかりの壁紙《かべがみ》や、明るいじゅうたんや、ミス・ビアンカのつくった造花《ぞうか》にうつって、ねずみ穴《あな》の居間《いま》は、とてもくつろいでみえました。けれども、隠《かく》れ家《が》が、どんなにいごこちよくなっても、重大《じゅうだい》な任務《にんむ》のことを考えると、三びきの心は、少しも明るくなりませんでした。

「橋《はし》についたらわたるだけさ。」と、ニルスが、ぶすっといいました。

「もう、なにも考えられないっていうわけだな。」と、バーナードがいいました。「きみばかりじゃないさ、ぼくもおなじだ。」

「気になることがあるんだけど――」と、ミス・ビアンカがいいはじめました。そういいかけて、口ごもりました。彼女《かのじょ》が心のなかで心配《しんぱい》していたことは、あまりにもおそろしいことだったので、自分の心だけにしまっておくべきかもしれないと、考えたからでした。でも、とても、だまっているわけにはいきませんでした。

「わたくしの心配《しんぱい》していることは、」と、ミス・ビアンカは、小声でいいました。「わたくしたちには、わからない……つまり、知る方法《ほうほう》がないってことよ……彼《かれ》が、まだ生きているかどうか……」

そういって彼女《かのじょ》は、ニルスとバーナードの顔を、心配《しんぱい》そうに見つめました。ニルスとバーナードは、おたがいに、顔を見合わせました。

「われわれは、きみが、そのことに気づかないようにねがっていたんだ。」と、バーナードは、気がすすまないようにいいました。

「あなたとニルスは、おなじことを心配《しんぱい》していたと、おっしゃるの？」

ニルスは、うなずきました。

「それが理屈《りくつ》というものさ。おいらが、地下牢《ちかろう》にぶちこまれりゃあ、一週間と、もたないな！」と、ニルスが、しずんだ声でいいました。

「だが、希望《きぼう》をすてちゃ、いけないんだ。」と、バーナードが、いそいでいいました。「われわれは、彼《かれ》が、生きているか死《し》んでるか、知らないんだ。われら、ねずみ族《ぞく》の天の恵《めぐ》みを祈《いの》ろうよ！」と、つづけて明るい声でいいました。「ここまでこられたのも――こ

のすばらしい隠《かく》れ家《が》をみつけられたのも――それから、われわれ三びきが、そろって元気で、いつでも戦《たたか》う準備《じゅんび》ができているのも、天の恵《めぐ》みというべきじゃないか？　おぼえているかい、馬車の旅《たび》が、どんないやなものかと心配《しんぱい》したことを？　だが、ゆかいな旅《たび》になったじゃないか！　それに、ニルス、きみは、いつでも、『金髪《きんぱつ》のハラルド』の歌をうたっていたじゃないか。ノルウェーねずみ、ばんざい！　といっていた元気を思い出してくれよ。」

ニルスは、手をのばして、バーナードの手をにぎりしめました。ミス・ビアンカも、バーナードの、もう一方の手を、そっとにぎりしめました。なにがおころうとも、おたがいを信頼《しんらい》する、三びきのかたい団結《だんけつ》は、けっしてやぶれないのです。それだけが、三びきにとって、ただ一つのはげましでした。

くらやみ城《じょう》にて

城《しろ》のやみが、わが心を、おおう！
灰色《はいいろ》をてらす、希望《きぼう》の光は、いずこ？
いとしのぼうや、あなたのミス・ビアンカから
いまいちど、とわの別《わか》れを！

M・B

この詩《し》は、ミス・ビアンカが、これまで書いた詩《し》のなかで、いちばん、ゆううつなものでした。けれども、そのときの気持《きも》ちをよくあらわしていたので、ミス・ビアンカは、そ

のできばえに、うれしくなりました。じっさい、詩人《しじん》というものは、ふつうでは考えられない利点《りてん》をもっています。――それは、もっとあとになってからはっきりすることですが。

8 ただ、まつのみ

1

くらやみ城《じょう》で、いちばん気持《きも》ちのよい場所《ばしょ》――というよりも、いちばんゆううつでない場所《ばしょ》――は、監獄長《かんごくちょう》の居間《いま》の窓《まど》の外側《そとがわ》にはりだした、せまい石棚《いしだな》の上でした。植木鉢《うえきばち》をおくような、ふつうの窓《まど》の棚《たな》ではありませんでしたが、外の新鮮《しんせん》な空気を吸《す》うために、ねずみがすわる程度《ていど》の幅《はば》はありました。毎日、午後になると、監獄長《かんごくちょう》は、見まわりにでかけるまえに、窓《まど》を、ほんの少しばかり、上にひきあげるのでした。――監獄《かんごく》じゅうで、この窓《まど》だけに、鉄格子《てつごうし》がはまっていませんでした。――監獄長《かんごくちょう》が、窓《まど》に背《せ》をむけるないなや、ニルスとバーナードとミス・ビアンカは、窓《まど》わくにかけあがって、外の棚《たな》にすわるのでした。

それは、ほんとにすばらしい時間でしたが、だれか一ぴきが、たえず、監獄長《かんごくちょう》のもどってくるのを見はっていなければなりませんでした。監獄長《かんごくちょう》は、部屋《へや》にもどってくると、すぐに、窓《まど》をしめるのです。陰険《いんけん》な人間は、たいがいそうですが、監獄長《かんごくちょう》も、新鮮《しんせん》な空気がきらいで、部屋《へや》をでるときだけ、窓《まど》をあけて空気を入れかえていたのです。ですから、三びきは、窓《まど》がしめられるまえに、穴《あな》にもどる用心をしていなければなりませんでした。もし、しめだされたら、危険《きけん》なまわり道をして、廊下《ろうか》の窓《まど》から監獄《かんごく》のなかに入り、それから、監獄長《かんごくちょう》の居間《いま》のドアをとおり、穴《あな》のなかにもどらなければならなかったのです。

ニルスとバーナードは、ほかのものが、外の景色《けしき》を見物《けんぶつ》しているあいだ、こうたいで見はりにたちました。——二ひきは、なんでも、こうたいでやりました。そして、しだいに、その習慣《しゅうかん》になれっこになってしまいました。

はるか下を見おろせば、大きな川が流《なが》れていました。川は、ときには、荒《あ》れくるい、ときにはしずかで、しずかなときには、大きないかだが、くだっていきました。丸太を、ぎっしりとつなぎあわせたいかだは、まるで、浮《う》いて流《なが》れる、材木《ざいもく》の山のように見えました。そして、いかだのとも《・・》には、船頭が、休むための、アシで作った小屋《こや》がありました。そし

て、船頭のおかみさんが、いっしょに乗《の》っていれば、ニワトリや、ニワトリかごも、乗《の》っていたし、たいてい、せんたくものがひるがえっていました。

川が荒《あ》れているときは、いかだは、川岸《かわぎし》のどこかにつながれているのでしょう。一そうも流《なが》れをくだってきませんでした。そして、流《なが》れがしずまると、一時に、六そうも七そうも、まとまって姿《すがた》をあらわしました。

「いかだは、いったい、どこへいくのかしら？」ミス・ビアンカが、ふしぎそうにききました。

「もちろん、町へさ。」と、ニルスがいいました。「冬のたきぎにつかうのさ。この国じゃあ、おまえさんたち、たきぎをつかわないのかい？」

「大使館《たいしかん》では、セントラル・ヒーティングなのよ。」と、ミス・ビアンカはいいました。

ニルスは、大声でわらいました。

「それにしてもさあ、その熱《ねつ》は、どっからくると思ってんだ？」

「ニルス、ミス・ビアンカはな、」と、バーナードが、いそいでいいました。「家の仕事《しごと》は、なにもしなくてよかったんだよ。この国では、貴婦人《きふじん》とよばれてる人たちは、家のなかではたらかなくてもいいんだよ。」

ミス・ビアンカは、ほっとしたように、バーナードの顔を見つめました。けれども、彼女《かのじょ》は、三びきのあいだに、けっして、口げんかがあってはいけないと思いました。真剣《しんけん》にものを思いつめたり、心配《しんぱい》ごとがあると、けんかをしやすくなるものです。

「ニルスは、わたくしの無能力《むのうりょく》に、なれることができないだけよ。」と、ミス・ビアンカは、おだやかにいいました。「それにもかかわらず、船の上では、いつでも、とても親切だったわ！」

事実《じじつ》、三びきの団結《だんけつ》のせいもあって、口げんかは、めったにおこりませんでした。また、たまにあっても、ほんの二、三分で終《お》わりました。時どき、みんながふきげんになるのは、さけがたいことでした。それほどに、三びきは、思いつめ、なやんでいたのです。

あわれな囚人《しゅうじん》のことが、三びきの心から、ひとときもはなれませんでした。しかも、彼《かれ》のために、なんとかしなければならないと思いながら、なんの考えもうかばないのです。

バーナードは、議長《ぎちょう》ねずみのことを、少しばかりあてこすりをいって、自分をなぐさめました。（もちろん、この議長《ぎちょう》ねずみは、ミス・ビアンカのことではありません。）ニルスが、橋《はし》にきたらば、といいだすたびに、バーナードは、皮肉《ひにく》たっぷりにつぶやくのでした。「議長《ぎちょう》さんが、この橋《はし》をわたるのを見たいもんだ。」と。

目の前にいないので、議長《ぎちょう》ねずみは、いい具合《ぐあい》に、不平《ふへい》の相手《あいて》の身代《みが》わりになってくれました。けれども、ミス・ビアンカの、文句《もんく》のつけようのないふるまいと、いつでもはたらく機転《きてん》が、トラのように荒《あ》れやすい、二ひきの気持《きも》ちを、やわらげていたのです。

ミス・ビアンカの長所《ちょうしょ》が、こんなに役立《やくだ》っていたのに、彼女《かのじょ》は、ある意味《いみ》では、いちばん、ひどい立場に立たされていました。三びきは、ひるまは、おたがいに、元気づけあうことができました。バーナードとニルスは、おなじ部屋《へや》にいたので、夜も、話し合うことができました。ところが、ミス・ビアンカは、ひとりぼっちでした。

ミス・ビアンカは、時どき、おきあがって、まんなかの居間《いま》にそっと入り、ニルスとバーナードの話し声をきくのでした。とはいうものの、二ひきの話していることは、たのしいとは、とてもいえたものではありませんでした。

「一週間は、もたねえ、」と、ニルスが、ねむそうにいうのがきこえました。「あの地下《ちか》牢《ろう》のなかじゃあ、とても……」

「ぼくは、一月はもつ。」と、バーナードが、つぶやきました。「いや、二月、もつかも……。」

ニルスが、おきあがったようすです。

「もつもんか！」

バーナードも、おきあがったようすです。

「もってみせるとも！」

「ドミノのダブルシックスにかけても、もつもんか。」と、ニルスの声。「くたばって、あの世《よ》ゆきさ。足から、ひきずりだされるわ。たった一週間ともつもんか。」

「なにを！」と、バーナードが、いいかえす声。「ジャガイモ二つに、クルミが一つと、かけよう。やつらが、おまえを、シャベルで、地下にうめるころ、おれは、まだ『ノルウェーねずみ、ばんざい』と、さけぶ元気がのこってるぞ。――おまけに、それから、一月と三週間は、生きてみせる！」

「よし、おいらは、おまえに、かけよう。」と、ニルス。

「よし、おれは、おまえに、かける。」と、バーナード。

しばらく、声が、とだえました。

「だれが、審判《しんぱん》だ？」

「ミス・ビアンカに、きまってる。」

ミス・ビアンカは、それをきいてふるえました。——けれども、つぎの朝、ニルスとバーナードのどちらも、そのことについて、一言もいいませんでした。ミス・ビアンカは、ほっとすると同時に、じらされた思いでした。そして、ニルスとバーナードは、ゴルフかなにかをするようなつもりで、ただの力じまんをしあっていたのだと考えることにしました。

彼女《かのじょ》は、ニルスとバーナードのことを、うらやましく思いました。そして、雷《かみなり》あらしがはじまると、二ひきのことが、もっとうらやましくなりました。

毎年、どういうわけか、冬が近づくと、季節《きせつ》はずれのあらしが、休みなく、くらやみ城《じょう》をおそいました。三びきは、そのあらしのおそってくるさまを、いやでもおぼえてしまいました。はじめに、あたりは、冬を知らせる雪でもふるように、不気味《ぶきみ》なしずけさにつつまれます。——くらやみ城《じょう》は、しずまりかえり、看守《かんしゅ》たちのせきだけがきこえます。——

やがて、あらしの先ぶれの風が、ふきはじめ、いなびかり、閃光《せんこう》。つづいて——ぐゎら、ぐゎら！　——雪のかわりに、城壁《じょうへき》に大砲《たいほう》をうちこむような、すさまじい雷鳴《らいめい》が、とどろきわたります。

物見《ものみ》の塔《とう》から地下牢《ちかろう》まで、くらやみ城全体《じょうぜんたい》がふるえます。ミス・ビアンカは、まくらの下に頭をつっこんでふるえます。それとも、寝《ね》ていられずに、居間《いま》にでてきてすわります。——そして、一度《いちど》は、彼女《かのじょ》のことを心配《しんぱい》してでてきたバーナードにあいました。

「だいじょうぶですか、ミス・ビアンカ？」バーナードが、心配《しんぱい》そうにききました。

ミス・ビアンカは、元気をとりもどしました。

「雷《かみなり》あらしは、いつでも、わたくしの神経《しんけい》を、ずたずたにするみたいなのよ！」と、いいわけがましくいいました。「大使《たいし》のぼうやのまくらの下にかくれても、雷《かみなり》は、わたくしを、ふるわせたものよ！　——でも、いまは、たき火が消《き》えているかどうか見にきただけなの。」

バーナードは、たき火のあとを足でふんで、だいじょうぶだとこたえました。いずれにしても、たき火のあとから、火事《かじ》になる危険《きけん》はなかったのです。

「それでは、ベッドにもどって寝《ね》るわ。」と、ミス・ビアンカは、元気よくいいました。

けれども、たちどまったまま、ほっと、ため息《いき》をつきました。

「バーナード。」と、思いなやむようにいいました。「もう、ずっと昔《むかし》のことのようね。わたくしたちが、安全《あんぜん》で美《うつく》しい、せとものの塔《とう》で、はじめてあった夜のことが！」

2

それは、たしかに、ずっと昔《むかし》のことのように思われました。いえ、たしかに、もう、ずいぶんまえのことだったのです。——夏のさかりのころだったのに、いまは、もう、真冬《まふゆ》になったのです。はじめに、ミス・ビアンカの、ノルウェーへの飛行機《ひこうき》の旅《たび》、それから、かえりの長い船旅《ふなたび》、つづいて、馬車の旅《たび》。そして、くらやみ城《じょう》にきてから、すでに二か月たったのです。なにも達成《たっせい》せずに！　それが、いちばんつらいことでした。「なにかが、おこってくれさえすれば！」と、三びきは、考えはじめていました……。

そして、そのとおりになりました。

三びきがくらやみ城《じょう》についてから、ちょうど、二か月と一日たったとき、とてもおそろしい事件《じけん》がおきたのです。

そのとき、バーナードは、窓《まど》の外の棚《たな》に、ひとりですわっていました。ミス・ビアンカは、例《れい》の頭痛《ずつう》がするといって、穴《あな》のなかにいました。そして、彼女《かのじょ》だけを、ひとりでおかないことにしてあったので、ニルスが、なかにいました。ニルスの番だったのです。バーナードにしてみれば、よろこんでこうたいしてもよかったのですが、非常《ひじょう》の場合には、規《き》則《そく》にしたがうことがいちばんたいせつでした。――ですから、うたたねからさめて、そばに、ニルスが、すずしい顔をしてすわっているのを見たときの、バーナードの、おどろきようは、たいへんなものでした！

「心配《しんぱい》すんな。」と、ニルスは、しゃあしゃあといいました。「ミス・ビアンカが、おいらをいやがるもんだから、おまえといっしょに、空気を吸《す》うほうがましだと、でてきたのさ。あのおじょうさん、な、ときどき、鼻《はな》につくじゃねえか！」

バーナードは、ふるえるほどおどろいて、窓《まど》の棚《たな》からおちそうになりました。

「マメルークが、入ってきたら、どうするんだ？」と、バーナードは、さけびました。

「そうなったとしたって……」と、ニルスがいいはじめました。

そのとき、マメルークが、部屋《へや》に姿《すがた》をあらわしました。

バーナードは、窓《まど》に、身《み》をおどらせました。――だが、一瞬《いっしゅん》、おそかったのです！　その瞬間《しゅんかん》、どうしたはずみか、窓《まど》をつりあげていたひもがゆるみ、窓《まど》が、音をたててしまりました。

「こりゃあ、遠回りをしなけりゃならなくなったようだぜ。」ニルスが、あいかわらず、おどろきもせずいいました。

「ミス・ビアンカは、どうなるんだ？」バーナードは、さけびました。「たったひとりで、マメルークにむかうのか?」

「穴《あな》んなかで、じっとしてりゃいいのさ。」と、ニルスが、わかったようにいいました。

「おじょうさんは、穴《あな》からでるようなこたあ、あるまいよ。それが理屈《りくつ》というものさ。」

バーナードは、ニルスのくびすじをつかんで、歯《は》ががちがちなるほど、はげしくゆすりました。

「あほう!」バーナードはさけびました。「まぬけのあほう! 穴《あな》からでなけりゃいいんだと? ミス・ビアンカはな、ねこのこわさを知らないんだ!」

ニルスとバーナードは、おそろしさに、顔を見合わせました。

「いそぐんだ!」バーナードは、声が、かすれました。「ここでは、どうすることもできないんだ——それに、とても、」バーナードは、泣《な》き声《ごえ》でした。「見ていられるもんか!」

9 ◇◇◇◇◇ ねことねずみ

1

バーナードのおそれたことが、たちまちおこりました。バーナードとニルスが、窓《まど》の外の棚《たな》から、いそいで姿《すがた》を消《け》すか消《け》さぬうち、ミス・ビアンカは、死《し》の一口《ひとくち》にむかって、むじゃきに歩きだしていたのです！

それも、彼女《かのじょ》が、マメルークに気づかなかったからでなく、マメルークを見たからなのです。

彼女《かのじょ》は、たいくつしていました。頭痛《ずつう》がおさまって、ニルスをさがすと、ニルスは、穴《あな》のなかにいませんでした。ミス・ビアンカは、ニルスがいなくても気にしませんでした。

こわくはなかったけれど、ひとりでいるのは、たいくつでした。本でも読めれば！——でも、本などもってきていませんでした。監獄長《かんごくちょう》は、ほとんど字が読めず、居間《いま》の本棚《ほんだな》には借《か》りてくるような本は、なにもありませんでした。ただ一冊《さつ》だけページのすみのおれた『うおのめは自分でとれ！』というパンフレットがありました。うす気味《きみ》のわるい題《だい》——そんなものを読むくらいなら、死《し》ぬほうがましよと、ミス・ビアンカは思いました。

たいくつでも、読むものさえなかったのです。そこで、穴《あな》の入口に、影《かげ》がうつったとき、彼女《かのじょ》は、たいくつまぎれに、のぞいてみました。

すると、一メートルほどはなれたところに、かみなり雲のように黒くて大きな、ねこのマメルークが、うずくまっていました。

ミス・ビアンカが、マメルークを見たのは、これがはじめてでした。——ニルスとバーナードは、注意《ちゅうい》ぶかく、彼女《かのじょ》を、マメルークから遠ざけていたのです。——けれども、その話はきいていたので、ひと目見て、それがマメルークだとわかりました。そして、ニルスたちの話は、ひどすぎると思いました。色こそちがうけれど、じっさいマメルークは、ひと彼女《かのじょ》の昔《むかし》の友だちのペルシャねこに、とてもよく似《に》ていました。ミス・ビアンカは、ひと目見ただけで、マメルークの肩《かた》をもつようになってしまいました。

ニルスとバーナードは、ぞっとするような流《なが》し目をつかうといっていましたが、ミス・ビアンカは、それを、どちらかといえば、わるくないわらい顔だと思いました。マメルークが、地下牢《ちかろう》にとびこんで、囚人《しゅうじん》たちを苦《くる》しめることが、議事録《ぎじろく》に記録《きろく》されたのに、ミス・ビアンカは、その説《せつ》を信《しん》じなかったということも、ここで思い出す必要《ひつよう》がありそうです。それほどに、ミス・ビアンカは、ねこ族《ぞく》の紳士道《しんしどう》を、まちがって信《しん》じてしまっていたのです。彼女《かのじょ》は、うれしそうなようすで、穴《あな》の外をのぞきました。

マメルークはと見れば、ひげが、たのしい予想《よそう》に、ぴくぴくと動《うご》いています。ここ二、三週間、マメルークは、だんろのよこの穴《あな》のなかに、なにかおもしろいものがいそうな気がしていました。それが、いまや、ねずみのおやつを、約束《やくそく》されたようなことになってきたのです。――もちろん、ねことねずみの遊《あそ》びを、少したのしんでからですが。

それにしても、えじきが、手のとどかない穴《あな》のなかから、もう少しでてこないことには、どうにもなりません！

「かわいい貴婦人《きふじん》さん、」マメルークは、やさしそうに、のどをならしていいました。

「でてきて、わしと遊《あそ》ばんかね？」

ミス・ビアンカは、穴《あな》の入口まで、でてきました。

「およびになったのは、あなたですか？」と、うれしそうにききました。

「よんだのは、わしだよ！」マメルークは、また、のどをならしていいました。

「それは、ほんとに、ご親切さま。」と、ミス・ビアンカはいいました。マメルークは、おどろいたりよろこんだりです。小ねずみが、監獄長《かんごくちょう》の居間《いま》へ、いそいそとでてきたのです。

「もっと早く、お知合いになれれば、ほんとによろしかったのに。」と、彼女《かのじょ》は、つづけていいました。「でも、わたくしのおつれが、少しばかり、つきあいにくいかたたちですので……さあ、なにをいたしましょうか？」

「こんなのは、どうだい！」マメルークは、にかっとわらいました。

そして、大きな黒い足を、さっとだして、ミス・ビアンカのくびすじをさわりました。

もう少し力をいれれば、ミス・ビアンカの背骨《せぼね》が折《お》れたでしょう。――マメルークは、このねずみの背骨《せぼね》をいずれ折《お》るつもりですが、それは、彼女《かのじょ》を、さんざんこわがらせてからのこと。マメルークは、そういう残忍《ざんにん》なやつでした。

「こんどは、走りなよ、かわいい貴婦人《きふじん》さん！」マメルークはいいました。「わしの前足のあいだを走るんだよ、ほら！」

「よろこんで走りますわよ。」ミス・ビアンカは、そういうと、美《うつく》しいかっこうで、前足のあいだを、すばやく、何回も走りぬけました。そして、「ほらほら、わたくしに、さわってごらんなさい！」と、大きな声でいいました。「さあ、つぎは、なにをいたしましょう？」

マメルークは、あらためておどろいて、ミス・ビアンカをながめました。もうずいぶん長いあいだ、ねずみを見たことがありませんでした。子ねこのとき、このくらやみ城《じょう》につれてこられ、そのとき以来《いらい》、はじめて見たねずみが、ミス・ビアンカでした。――ねずみのことを、すっかりわすれてしまったのかもしれないが、それにしても、これが、あたりまえのねずみの態度《たいど》なのか。そんな、ばかな！　マメルークは、とても信《しん》じられませんでした。

「元気のいい貴婦人《きふじん》さんか！」マメルークは、うなりました。「それじゃ、終《お》わりがくるまで、いろんなことをやろうじゃないか！　ほら、おきれいさん、おつぎはこれだ！」

マメルークは、前足をさっとだして、ミス・ビアンカを、床《ゆか》におさえつけました。彼女《かのじょ》は、マメルークのあごから、三センチもはなれていないところに、身動《みうご》きできないようにおさえつけられてしまいました。からだにのしかかる重《おも》さは、鉛《なまり》をつめたマットレスのようでした。

「あなたの目の、なんときれいなこと！」ミス・ビアンカは、マメルークの目を見ていいました。「お友だちの目を思い出しますわ……あなた、ペルシャにいらしたことあって？」

「あるもんか！」マメルークは、さけびました。「おつぎは、これだ！」マメルークは、彼女《かのじょ》をさっとすくいあげ、空中に投《な》げあげました。

マメルークにしてみれば、これがまちがいだったのです。ミス・ビアンカは、ちょっと息《いき》をきらしただけで、マメルークの長い毛のはえた背中《せなか》へ、うまくおりました。そこなら、マメルークの足がとどきません。

「かくれんぼ、しましょ！」ミス・ビアンカは、うれしそうにさけんで、長い毛のなかにもぐりこみました。

そうなるとマメルークは、すっかりあせって、かんかんになり、ミス・ビアンカを、一口で食べてしまおうと思いました。——もちろん、つかまえられればの話ですが。けれども、つかまえることができませんでした。マメルークは、ころがったり、からだをふるわせたり、はねたり、はげしくおどったりしましたが、どうしても、ミス・ビアンカを、ふりおとすことができません。

彼女《かのじょ》は、びっしりはえた長い毛のなかにもぐりこみ、しっかりつかまったまま、チュウチュウと、うれしそうな声さえたてていました。（「少し品《ひん》がわるいけど、」と、ミス・ビアンカは、さけんでいました。「馬の曲乗《きょくの》り、だいすきよ！」）

マメルークのほうが、先につかれてしまいました。くたくたになって、だんろのまえに、からだを投《な》げだしてしまいました。

すると、こんどは、ミス・ビアンカの声が、しっぽのつけ根《ね》のあたりからきこえました。「こんなこともうしあげるの、失礼《しつれい》ですけれど、」と、親切そうにいっています。「あなたの毛皮《けがわ》は、すっかり手入れをする必要《ひつよう》がありそうよ。このまえ、ブラシをかけたのはいつですか？」

マメルークは、ひどくきたないことばをつかって、悪口《わるぐち》をいいはじめました。けれども、幸《さいわ》いなことに、ミス・ビアンカにはきこえませんでした。彼女《かのじょ》は、マメルークが、ただ、うるさがっているだけだと思って、いそいで、なだめにかかりました。

「そんなに、ふきげんになっちゃいけませんわ！」と、たのむようにいいました。「あなたのためを思って、もうしあげたんですもの――」

「ねこは、ブラシなんか、かけるもんか！」と、マメルークはどなりました。

「あら、かけますわよ！」ミス・ビアンカは、むきになっていいかえしました。「わたくしのお友だちは、ひと朝でも召使《めしつか》いにブラシをかけてもらうのをわすれると、がまんできないほど気持《きも》ちのわるいものだと、よくいっていましたわ。――あら、これ、なにかしら？」気味《きみ》わるそうにいいました。「このいやらしいかたまり。」

「血《ち》だろうよ！」と、マメルークはどなりました。「ねずみの血《ち》だぞ！」

「いいえ、ちがいますわ。」と、ミス・ビアンカはいいました。「糖《とう》みつよ。ほんとに、不注意《ふちゅうい》ね！――でも、これは、なんとかとってあげられそうよ。――あなたが、じっと

してでくだされば。」

マメルークは、じっとしていました。つかれきって、じっとしていること以外《いがい》、どうすることもできなかったのです。ミス・ビアンカは、毛にくっついた糖《とう》みつを、少しずつきれいに、かみとりました。——そこにくっついていたのは、糖《とう》みつだけではありませんでした。糖《とう》みつといっしょに、マメルークの毛に、小さな布切《ぬのき》れがついていました！　そして、そこになにかが書かれていました！

「ブラシかけは、明日にしましょうね。」と、ミス・ビアンカは、いそいでいいました。「走ってかえるけど、ごめんなさい！」

マメルークは、もう、ねむりこけていました。居間《いま》のドアからとびこんできたバーナードとニルスは、いなずまのように部屋《へや》をよこぎり、ミス・ビアンカのまっている穴《あな》のなかに

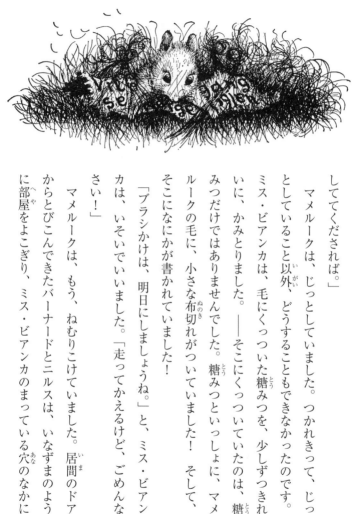

走りこみました。

「ぶじか？」バーナードは、はあはあしながらききました。

「もちろん、ぶじよ。」と、ミス・ビアンカはいいました。「それよりも、これを見て！」

10

血《ち》で書かれたことば

1

三びきは、舌《した》が、紙やすりのように荒《あ》れるまで、その布切《ぬのき》れを、こすったりなめたり、こすったりなめたり、しかも、そこに書かれた文字を消《け》さないように、注意《ちゅうい》ぶかく、はたらきつづけました。（マメルークのいったことは、ある意味《いみ》では、ほんとうでした。その文字は、指《ゆび》を傷《きず》つけてだした血《ち》で、書かれていたのです。）糖《とう》みつだけは、きれいにとれました。そして、そのぼろ切れの上に、じょうずな文字が、いくつか書かれているのが、はっきり見えるようになりました。

「ノルウェー語だ！」ニルスは、さけびました。

ニルスは、もっとよく見ようと、バーナードを荒《あら》あらしくおしのけました。バーナードは、気にしませんでした。

「なんて書いてあるの？」と、ミス・ビアンカが、声をはずませました。

二ひきは、こんなに興奮《こうふん》したニルスを、見たことがありませんでした。むちゅうになって、そのたいせつな布切《ぬのき》れで、なみだをふいたくらいです！

「おい、だいじな字を、消《け》すんじゃないぞ！」と、水玉もようのハンカチをさしだしながら、バーナードがいいました。「いったい、なにが書いてあるのか、いってくれ！」

ニルスは、なみだをのみこんで、気をしずめました。

「こう書いてある……だいたい、こんなことが書いてある。『生きてふたたび、ノルウェーを、見ることができるのか……』」

その悲《かな》しいことばをきくと、三びきは、しばらく、ものもいえませんでした。

しばらくして――ミス・ビアンカが、感激《かんげき》したようにいいました。

「でも、彼《かれ》は、生きていたわ！」

それがわかったということは、三びきにとって、たいへんなはげましとなりました。それぞれに、新しい希望《きぼう》と力が、あふれてくるのを感《かん》じました。そのことばについて、三びきは、話し合いました。――何時間も何時間も話し合ったすえ、――詩人《しじん》は、まえもって、その伝言《でんごん》を用意《ようい》しておいて、マメルークが、地下牢《ちかろう》にとびおりてくる機会《きかい》をとらえて、毛にくっつけたにちがいないと結論《けつろん》をだしました。

詩人《しじん》は、どんなにうちひしがれていても、ただ生き長らえているだけでなく、りっぱに頭をつかっているのです！　――ですから、三びきは、くらやみ城《じょう》のなかにいるとはいえ、すくなくとももっと自由《じゆう》なのですから、もっともっとなにかできるはずです！

「おいらたちは、なまけものだ！」と、ニルスが、大声でいいました。「頭をつかわなかったじゃないか！」

それは、少しいいすぎだとしても、バーナードとミス・ビアンカは、ニルスの気持《きも》ちがわかりました。たしかに三びきは、助《たす》ける相手《あいて》の囚人《しゅうじん》が、生きているかどうかもわからなかったときは、しだいに希望《きぼう》を失《うしな》って、なにかおこるのをまちながら、なんとなく毎日をすごすようになっていたのでした……。

「おいらは、城《しろ》のようすを、もっとくわしくしらべるぜ。」ニルスは、なみだをふきながらいいました。「門のほかにも、かならず出口があるはずだ！　はくせいのフクロウみたいに、窓《まど》の棚《たな》なんかに、すわっていられるか！」

「よし、ぼくは、」と、バーナードがいいました。「看守《かんしゅ》たちの見まわりの時間と、地下《ちか》牢《ろう》の通路《つうろ》のとびらのかぎをあける時間の、正確《せいかく》な時間表《じかんひょう》をつくるぞ。」

「わたくしは、」と、ミス・ビアンカがいいました。「マメルークと話してみるわ。」

それをきくと、ニルスとバーナードは、ミス・ビアンカに反対《はんたい》するために、すぐ自分たちの計画をねるのをやめました。ニルスでさえも、彼女《かのじょ》が、どんな危険《きけん》な目にあったのか、よくわかったのでした。そして、バーナードは、もう、どうしても、おだやかに話していられませんでした。

「そんなことを考えるんじゃない、ミス・ビアンカ！」と、バーナードはたのみました。「さっきは、信《しん》じられないようなことがおこったけれど、食べられなかったのがふしぎなんだ！　マメルークと、二度《ど》も話せるようなねずみが、この世《よ》のなかに、いるものか！　——しかも、生きのびて、その話をするなんてことは！　あいつが、なぜ、きみを食べなかったと思う？」

ミス・ビアンカは、手にもったせんすに、目をおとしました。

「彼《かれ》を、びっくりさせたんじゃないかしら。」と、ミス・ビアンカは、あっさりこたえました。「でも、あなたのいうとおり、彼《かれ》は、わたくしを食べるつもりだったかも——ふうっ！」ミス・ビアンカは、そっとため息《いき》をついてつづけました。「それがほんとなら、わたくしのお友だちと、彼《かれ》は性格《せいかく》が、まるっきりちがうのね！　——それにしても彼《かれ》は、わたくしを、食べなかったわ、ごらんのように。わたくしが、彼《かれ》の前足のあいだを走ったときの、彼《かれ》の顔つきときたら！　ほんとに、あっけにとられていたわ。だから、きっと、彼《かれ》は、もう一度《いちど》、わたくしにあいたがると思うのよ――たとえ、どんなつもりであるにしろ。わたくしに、彼《かれ》と話をさせてみて。もし、うまく話をひきだせば、わたくしたちの役《やく》に立つ、どんなことがわかるかもしれなくってよ。もし、この城《しろ》のなかのできごとを、すべて知っているものがいるとすれば、」と、ミス・ビアンカはいいました。「それは、マメルークよ。」

バーナードとニルスは、それを否定《ひてい》することができませんでした。

「だけど、あぶない！」それでも、バーナードは、大声でいいました。

「あなたとニルスも、どうぞ計画を考えてくださいな。」と、ミス・ビアンカは、しずかにいいました。「やっぱりあぶないんでしょう？　あなたたちは、力があって敏《びん》しょうです。わたくしには――」彼女《かのじょ》は、もう一度《いちど》、つつましやかに目をおとしました。「女性的《じょせいてき》な魅力《みりょく》があるだけよ。ですから、わたくしが、それを利用《りよう》するのをおゆるしになってね。では、おやすみなさい。朝になったら、お仕事《しごと》にかかるのね！」

ミス・ビアンカは、囚人《しゅうじん》のことばの書かれた布切《ぬのき》れを、自分の部屋《へや》にもっていき、まくらの下に、そっと入れました。

三びきが、すっかりねむってしまうまえに、ニルスとバーナードの部屋《へや》では、しばらく話し声がしていました。

「ニルス。」と、バーナードがいいました。

「うん?」と、ニルスが、ねむそうにいいました。

「ミス・ビアンカのことを、やっかいものだといったのは、だれだったかな?」声が、とぎれました。

「おいらを、けっとばしてくれ。」と、ニルスの声。「ほんとに、おいらを、けっとばしていいんだぜ。」

「いや、いいんだよ。」と、バーナードの声。「じゃ、おやすみ。」

2

さあ、すべてが動《うご》きはじめ、熱気《ねっき》があふれてきました。ニルスとバーナードは、あらためて、城《しろ》の探検《たんけん》をはじめました。――ニルスは外を、バーナードは、城《しろ》のなかを。(もちろん、ミス・ビアンカを、ひとりで穴《あな》のなかにのこしていきました。）ニルスは、穴《あな》やさけ目をつたいながら、城《しろ》の外の石がきをかけめぐりました。バーナードは、もっと勇敢《ゆうかん》に看守《かんしゅ》たちの足もとをついてまわって、看守《かんしゅ》たちの、どんな小さな動《うご》きでも見のがさずに、おぼえこんできました。

ミス・ビアンカは、わざとマメルークの気をひくようにふるまいました。こうやって、マメルークを、部屋《へや》のなかに長い時間ひきつけておいたので、ほかの二ひきは、とても助《たす》かりました。マメルークは、ミス・ビアンカにすいつけられたように、そばからはなれることができませんでした。

ミス・ビアンカの勇気《ゆうき》は――むりをしていた、といえないこともありませんが――いくらほめても、ほめきれないほどでした。彼女《かのじょ》が、あんまりほがらかで、あんまりりこうなので、マメルークは、すっかりむちゅうになってしまいました。そうしているうちに、ミス・ビアンカは、マメルークのことが、もっとよくわかりました。バーナードのいうとおり、残忍《ざんにん》で腹黒《はらぐろ》いことが、はっきりとわかりました。マメルークは、まちがいなくミス・ビアンカを、食べるつもりでした！　――つもりどころか、そういったのです！

「おまえさんは、見かけどおり、やわらかいのかい、かわいい貴婦人《きふじん》さん？」マメルークは、のどをならして、こんなひどいことをききました。「どうすれば、それが、わかるかい？」そこで、かならず、（もう一回遊《あそ》ぼうよ、な、最後《さいご》の遊《あそ》びだよ。）とミス・ビアンカをさそって、「晩《ばん》ごはんの食欲《しょくよく》をだすためにな！」と、のどをならすのでした。

ミス・ビアンカは、神経《しんけい》が、ぴんとはりつめて、穴《あな》にもどると、とても立っていられないほどでした。――けれども、かならず、穴《あな》にもどりました。いつでも、最後《さいご》の瞬間《しゅんかん》に、このうえなくみごとなだまし方をしたり、じょうずなおせじをいったりして、マメルークの前足がとまる、ほんの一瞬《いっしゅん》まえに、ハチドリのように、するりと、すりぬけてにげてくるのでした。

でも、ざんねんなことには、マメルークが、おしゃべりをする気になったときには、ほとんど自分のことばかりしゃべっていました。子ねこのときは、どんなにきれいなねこだったかとか、監獄長《かんごくちょう》が、どんな大金をはらって、自分をひきとったかとか、また、この城《しろ》にくるまえは、おれの姿《すがた》を見れば、犬でさえこわがってほえたものだとか。ミス・ビアンカは、そんなことを、耳にタコができるほどきかされました。（彼《かれ》は、生まれつきの悪《わる》い性質《せいしつ》のほかに、大ぼらふきでした。）それでも、ミス・ビアンカがききだした情報《じょうほう》のなかに、とても役《やく》に立つかもしれないと思われることが、一つありました。

それは、毎年、おおみそかの晩《ばん》に、くらやみ城《じょう》の看守《かんしゅ》たちは、監獄長《かんごくちょう》もいっしょになって、真夜中《まよなか》に、どんちゃんさわぎをやるということでした。真夜中《まよなか》から明け方にかけて、ひとりも、仕事《しごと》についていないというのです。

「つぎの朝も、だめだね！」マメルークは、流《なが》し目をつかいながらいいました。

「まあ、どうしてなんですか？」と、ミス・ビアンカは、きいてみました。

「みんな、ひでえ、ふつか酔《よ》いでな。」と、マメルークは、流《なが》し目でこたえました。「飲《の》みすぎ、食いすぎさ！　仕事《しごと》をしてるはずのやつ、つまりな、囚人《しゅうじん》たちに、食いものをはこぶやつも、ふーらふーらの千鳥足だ！」

ミス・ビアンカは、それをきくと、興奮《こうふん》して、胸《むね》がどきどきしました。けれども、すました顔できききました。

「あなたも、食べすぎるの？」と、心配《しんぱい》そうにききました。

「わしゃ、ちがう！」マメルークは、いばってこたえました。「もちろん、みんなが、がっかりするといけないから、顔をだす。――それから、なんでも食べてやる！――だがな、わしが、食べすぎるほどのごちそうに、お目にかかったことがないわ！　うふん、わしは、鉄《てつ》の腹《はら》のマメルークさまだからな！」

ミス・ビアンカは、ニルスとバーナードに、マメルークの話をつたえたとき、マメルークは、また、ほらをふいているにちがいないとつけくわえました。

「彼《かれ》、じまんしすぎだわ。」と、ミス・ビアンカはいいました。

「大使《たいし》のぼうやのおたんじょう日パーティーで、おなじようなことをいっていた子どものことを、おぼえているわ。しまいには、その子、給仕《きゅうじ》さんに、つれだされたわ！　わたくしの考えでは、マメルークも、つぎの朝は、はたらけないのよ。」

「とすれば、」と、バーナードが、意気《いき》ごんでいいました。「その朝は、つまり、元日の朝は――」

「地下牢《ちかろう》の上の通路《つうろ》に入れるってわけだ！」と、ニルスがさけびました。「おいらたちそろってだぞ！　そして、格子《こうし》をすりぬけて下へ――食べもののかんが入るんなら、ねずみならくくらくだ！　ついに、目ざす囚人《しゅうじん》のところへいけるんだな！」

「だが、彼《かれ》を牢《ろう》からつれだすとなると、」と、バーナードが、もっと真剣《しんけん》な声でいいました。「われわれの手にあまるぞ。ねずみはとおれても、人間はとおれない。かりに、牢《ろう》からでられたとしても、まだ、城《しろ》のなかだ。城《しろ》の門は、来年の秋までひらかれない。それまで、囚人《しゅうじん》をかくまうことは、われわれには、とてもむりだ。」

「でも、ニルスが、彼《かれ》にノルウェー語で、話しかけることだけはできるわね。」と、ミス・ビアンカはいいました。「そして、元気づけてあげることも。一つずつ格子《こうし》からのぞいて、ノルウェー語で、まず、よびかけたらどうかしら？（ブロンデルとかリチャード一世《いっせい》とか。）そして、答えがもどってきたら——」

「おいらが、とびこむ！」と、きっぱりニルスがいいました。「でもな、」と、ききました。「おおみそかの晩《ばん》まで、あとどのくらいあるのかな？」

バーナードは、穴《あな》からかけだして、監獄長《かんごくちょう》のカレンダーを見てきました。

「三日だ。」といいました。

「じゃあ、それまで、」と、ニルスは、決心《けっしん》したようにいいました。「偵察《ていさつ》をつづけるぞ。」

それから、バーナードとニルスは、ミス・ビアンカにお礼《れい》をいってやすむことにしました。

けれども、だれもよくねむれませんでした。興奮《こうふん》していたし、また、あらしが、おそってきたからでした。その夜のあらしは、これまでよりも、はるかにはげしいものでした。そのため、川も、これまでになく、はげしく荒《あ》れました。――両岸《りょうがん》のあいだの流《なが》れは、とらわれた竜《りゅう》のように、しぶきをあげてのたうちまわりました。隠《かく》れ家《が》の穴《あな》のなかにいる三びきの耳にさえ、雷《かみなり》のとどろきにまじって、川のうなりが、はっきりときこえました。そして、たえまなく、腹《はら》の底《そこ》にひびく川のうなりは、雷《かみなり》よりもおそろしく感《かん》じられました。だが、川は、気まぐれとはいえ、三びきにとっては、またとない味方《みかた》となったのです。

3

三びきは、一生けんめい、しかし、あまり効果《こうか》のあがらない活動《かつどう》をつづけ、二日たちました。バーナードは、時間表《じかんひょう》をつくるのをやめ、ニルスといっしょに、城《しろ》の内外をしらべてまわりました。二ひきは、新しくできた割《わ》れ目《め》や、ひび割《わ》れをみつけました。——あらしが、城《しろ》にあたえた打撃《だげき》は、たいへんなものでした！——だが、それにしても、人間の囚人《しゅうじん》のにげだすような穴《あな》は、できませんでした。そして、いちばんあらしのはげしかった夜が明けたとき——

「早くこい！」ニルスが、バーナードのまくらを、ひきずりだして、さけびました。おどろいたことには、ニルスは、もう、城《しろ》の外にいってきたようすでした。彼《かれ》のからだはぬれ、毛の先に朝露《あさつゆ》が光っていました。

「なんだ、朝めしもすんでいないのに？」バーナードが、ぶつぶついいました。バーナードは、まだ、半分ねむっていました。

「朝めしなんかふっとばせ！」ニルスは、どなりました。「早くこい！」

なんだ、というまもあらばこそ、ニルスの姿《すがた》は、消《き》えていました。バーナードは、はねおきて、あとをおいました。二ひきは、監獄長《かんごくちょう》の部屋《へや》を、走りぬけ、廊下《ろうか》にとびだすや、窓《まど》の鉄格子《てつごうし》から、城《しろ》の外へ。そして、城《しろ》の壁《かべ》づたいに、くだり、くだり、また、くだり、ついに、崖《がけ》のはしにつきでた小さな岩の上にでました。まだのこっている強風が、二ひきを、ふきとばしそうでした。はるか下には、川床《かわどこ》の上をのたうちまわるように、川が、荒《あ》れくるい、うなりながら流《なが》れています。

「なにか、かわったことが、見えるだろ？」ニルスが、声をはずませてききました。

バーナードは、からだを、うんとのりだしました。ニルスが、バーナードのしっぽを、しっかりひっぱりました。バーナードは、目をこらしてながめました。なにか、ようすがかわっています。けれども、はじめは、なにがかわっているのか、わかりませんでした。それから、崖《がけ》の真下《ました》に、くずれた石の山があることに気づきました。そこは、これまで、水面《すいめん》から垂直《すいちょく》に崖《がけ》が切り立っていたところでした。

「城《しろ》が、くずれたのか！」バーナードが、さけびました。

「城《しろ》じゃないぞ！」ニルスが、どなりかえしました。「城《しろ》がくずれるもんか。だが、一か所《しょ》だけ弱いとこがあったんだ——川が、それをみつけたんだ！　見ろ、あの石を——切った石だぞ！　石段《いしだん》だ！　おいらの考えてることが、わかるか？」

「いってくれ！」バーナードは、たのみました。

「古い水門だ。」と、ニルスはいいました。「あの下に、むかし水門があったんだ。この

城《しろ》は、監獄《かんごく》にするためにつくったんじゃあない。それが理屈《りくつ》というものさ！」ニルスは、自信《じしん》ありげにいいました。「つくったときにゃあ、まっとうな城《しろ》だったはずだ――だとすりゃあ――水門があるはずだ！　それが理屈《りくつ》というものさ。それから、あとで、水門を、ふさいじまったんだ。だがよ、川が、それを、はずした。まるで、歯《は》のつめものでも、ぬきとるみたいにな。だから、出口が、もう一つできたんだぞ！」

二ひきは、うれしくて、おどりあがらんばかりでした。――バーナードは、よくやったぞとばかり、ニルスの背中《せなか》をたたきました。ニルスは、正直のところ、自信《じしん》をとりもどして、とくいそうに、ひげをうごめかしました。それからバーナードは、もう一度《いちど》、崖《がけ》のはしから、下をのぞきこみました。

「あの水門は、城《しろ》のどこへつうじているのだろう？」バーナードは、それを利用《りよう》することを考えながらいいました。「とちゅうが、ふさがれていないだろうか？」

「それをたしかめるんだ。」と、ニルスはいいました。「さあ、いこう！」

11

ほかの出口

1

そこから二ひきは、崖《がけ》をつたいながら、はるか下の川のふちにむかっておりていきました。非常《ひじょう》にあぶない冒険《ぼうけん》でしたが、二ひきは、やりとげました。とくにむずかしい岩だなをおりるときは、登山家《とざんか》がロープをつかうように、ニルスとバーナードは、おたがいのしっぽをつかいました。一ぴきが、岩だなにしがみつけば、ほかの一ぴきが、しっぽにつかまって先におり、下におりてからは、上の一ぴきのふみ台となったり、とびおりるのをだきとめたりしました。

二ひきは、おりつづけました。——皮《かわ》はやぶれ、しっぽはいたみました。——そして、ついに下におり、くずれおちた石の山の上に立ってまんぞくそうに、息《いき》をつきました。

「おいらのいったとおりだろ?」ニルスは、はあはあしながらいいました。

そこは、まぎれもなく水門でした。見あげれば、大きなアーチ形のほら穴《あな》の入口から
――それは、切り石をつみあげたものでした! ――奥《おく》のくらがりにむかって、花崗岩《かこうがん》の石段《いしだん》がつづいています。入口の一方の壁《かべ》には、舟《ふね》をつなぐ、古い鉄《てつ》の輪《わ》さえついていました!

だが、川は、どれほどのはたらきをしたのでしょうか? 石段《いしだん》は奥《おく》のほうで、またとざされているのではないでしょうか?

二ひきは、つかれはてていました。が、それを、たしかめなければなりませんでした。石段《いしだん》をのぼるのは、崖《がけ》をおりるのよりはらくでした。ふだんなら石段《いしだん》は、しっぽをつかっても、ねずみには高すぎてのぼれないのですが、川の水がひいたとき、石段《いしだん》の両《りょう》すみに、砂《すな》や小石がのこされたので、その上をのぼっていくことができました。ニルスとバーナードは、ぬれたどろや、うちあげられた水草に足をすべらせながら、なんとかのぼりつづけました。――一段《だん》のぼるたびに、心がはずみました。石段《いしだん》は、もう、どこもふさがれていました。

ないようでした。——たしかに、そのとおりでした。石段《いしだん》のいちばん上には、大きなさびた鉄《てつ》の門が、ちょうつがいがはずれて、だらりとさがっていました……。

人間でさえ、じゅうぶん、そのあいだをとおりぬけることができました。もちろん、バーナードとニルスは、門の鉄棒《てつぼう》のあいだを、らくらくと走りぬけました。

二ひきのいまいるところは、どこでしょう？

「われわれは、まだ、城《しろ》のはるか地下にいるんだろうな。」と、バーナードがいいました。

「そうとも、地下牢《ちかろう》の位置《いち》だ！」ニルスがいいました。

二ひきの目の前には、岩をくりぬいてつくられた、せまい通路《つうろ》が、ずっと奥《おく》までつうじていました。はじめ二ひきは、それは、食事《しょくじ》のかんを囚人《しゅうじん》の牢《ろう》におろすためにやってくる、看守《かんしゅ》のとおる通路《つうろ》だと思いました。けれども、床《ゆか》には格子《こうし》がはまっていないで、岩床《いわどこ》のままでした。（ニルスとバーナードは、それをたしかめようと、その通路《つうろ》を二回往復《おうふく》しました。）そして、壁《かべ》の片側《かたがわ》も、岩のままでした。ところが、その向《む》かい側《がわ》には、鉄《てつ》のとびらが、ならんでいるのを発見《はっけん》しました。

それこそ、地下牢《ちかろう》の各部屋《かくへや》のとびらだったのです……。

「見ろよ、もう一つ、とびらがあるぜ、この通路《つうろ》のはしに！」と、ニルスがさけびました。「あそこから、囚人《しゅうじん》をつれこむんだ！」

ついに、三びきが、これまでどうしてもみつけることのできなかったこと――どこから囚人《しゅうじん》が、地下牢《ちかろう》のなかに入れられるのかということが、わかったのです。（川の水が、この水門のふさぎ岩をつきやぶったことを、看守《かんしゅ》たちが、気づかなかったのも幸運《こううん》でした。新しい囚人《しゅうじん》がくるまで、看守《かんしゅ》たちが、こちらの通路《つうろ》に入ってくる心配《しんぱい》は、まずありません。）すると、そのとき、この推測《すいそく》を証明《しょうめい》でもするように、頭の上から、食事《しょくじ》を入れたかんの音といっしょに、看守《かんしゅ》の重《おも》い足音がきこえました。

ニルスとバーナードが、じっと耳をすますと、ならんだ鉄《てつ》のとびらの向《む》こう側《がわ》の天井《てんじょう》で、格子《こうし》が、一つずつ、ぎいぎいと、ひきあげられる音がしました。

「おいらたちのいるものは、」と、ニルスがいいました。「かぎだけだ！　それで、万事《ばんじ》解決《かいけつ》だ。」ニルスは、興奮《こうふん》してさけびました。「かぎを手に入れ――格子《こうし》からおとし、――おいらたちもとびこみ――みんなそろって、水門から脱出《だっしゅつ》だ！　おいらたちのいるものは、このとびらをあける、かぎだけだ！」

けれども、バーナードの意見《いけん》では、このすばらしい計画も、まだまだ、いくつも落《お》とし穴《あな》がありました。（たとえば、どうやって、そのかぎを手に入れるのか？）バーナードは、そういいながらも思いなおしました。ニルスが、しきいからしきいへと走りながら、むだかもしれないけれど、ノルウェー語で、希望《きぼう》のことばを、鉄《てつ》のとびらのむこうにさけびかけているのです。バーナードは、その姿《すがた》を見て、胸《むね》をうたれました。鉄《てつ》のとびらは、かたい岩にすきまなくはめこまれ、ねずみの声などとどくはずがありません。

「もどってこい、船乗《ふなの》り！」バーナー

ドは、さけびました。――無情《むじょう》にではなく、必要《ひつよう》だからよんだのです。

「いまこそっていうときがあるんなら、いまこそ、計画をたてるべきときだ！　ミス・ビアンカのところにもどって、いっしょに考えようじゃないか！」

かえりも、くるしい危険《きけん》な道のりでした。はじめに、水門まで石段《いしだん》をくだり、そこから、崖《がけ》をはいのぼり、そして、また、城《しろ》の壁《かべ》をのぼるのです。しかし、くじけることをしらない二ひきのねずみは、やりとげました。（バーナードが、ジョン・ハント卿《きょう》*のようならば、ニルスは、エドモンド・ヒラリー卿《きょう》のように不屈《ふくつ》の勇士《ゆうし》でした。）ミス・ビアンカに話さなければならないことをいろいろ考えると、二ひきの勇気《ゆうき》は、ふるいたちました。からだじゅうが、いたみましたけれど、少しも休まず、はじめに川を見おろした崖《がけ》っぷちの岩につきました。

二ひきは、そこで少し休み、呼吸《こきゅう》をととのえました。（そして、朝ごはんを食べたらすぐ昼ごはんにするか、それとも、朝ごはんぬきで昼ごはんにするか、ということも話し合いました。）二ひきは、そこで、また、のぼりはじめました。バーナードは、いちばん危《き》険《けん》な場所《ばしょ》は、もうすぎたといいました。

ところが、バーナードのいうことは、まちがいでした。つかれたため、二ひきの、気がゆるみました。二ひきは、やっと監獄長《かんごくちょう》の居間《いま》の入口にたどりついたとき、なかをしらべず、そのまま走りこんでしまいました。そして、その瞬《しゅん》間《かん》、はじめて、マメルークと、しかも、顔をつきあわせるようにして、であってしまったのです。――二ひきとおなじように、マメルークもおどろきましたが、ニルスたちとちがうのは、つかれていないことでした。一瞬《いっしゅん》、三びきは、立ちすくみました。――バーナードとニルスは、われをわすれて、だきあってしまいました。――おそろしい、黒い足が、さっととんで、二ひきを、床《ゆか》におさえつけました。

＊　ジョン・ハント卿《きょう》――世界最初《せかいさいしょ》のエベレスト登頂《とうちょう》に成功《せいこう》したイギリス人。エドモンド・ヒラリー卿《きょう》はニュージーランドの登山家《とざんか》。ハント卿《きょう》とともに、エベレストの山頂《さんちょう》を極《きわ》めた。

2

そのとき、ミス・ビアンカも、穴《あな》の外をのぞいたところでした。朝ごはんのとき、バーナードとニルスがいなかったものですから、それからずっと、心配《しんぱい》していたのです。時間がたつにつれ、心配《しんぱい》はつのってきました。午前ちゅう、何度《なんど》もドアに走りよっては、二ひきがかえってくるかとのぞいてみました。そして、いま、二ひきがつかまったのを見て、気絶《きぜつ》しそうになりました。けれども、こんどは気絶《きぜつ》などしないで、力をふりしぼって、悲《ひ》鳴《めい》をあげました。

マメルークは、あたりを見まわして、うれしそうに、にかっとわらいました。マメルークにしてみれば、ミス・ビアンカのおでましで、たのしみは、完全《かんぜん》になったというわけです。

「なるほど、こいつらが、あんたのいってた、つきあいにくいおつれさんか？」と、のどをならしていいました。「わしにとっては、これが、ほんとのおたのしみ！　わしが、こいつらを食べるのを見たいかい？」

三びきのねずみは、くるしそうに目を見あわせました。

「なにがあっても、じっとしてるのよ！」ミス・ビアンカの目は、一生けんめい、そういっていました。ニルスとバーナードが、つたえようとしていることは、それよりも、はるかに複雑《ふくざつ》なことでした。ニルスもバーナードも、死《し》ぬまえに、なんとかして、川と水門と地下牢《ちかろう》のとびらのことについて、ミス・ビアンカにつたえたいとねがいました。しかし、それは、とても不可能《ふかのう》でした。ミス・ビアンカは、ニルスとバーナードが、なにかをつたえようとしている、しかも、このうえなく、だいじなことらしい、ということだけはわかりました。

「はっはっは、」マメルークは、声をたてててわらいました。「もっとそばへよって、よく見なよ、かわいい貴婦人《きふじん》さん！」

マメルークは、残忍《ざんにん》なよろこびで、からだじゅうがふるえていました。（ニルスとバーナードは、マメルークの足の先から、そのよろこびがにじみでているように感《かん》じました。）にかっとわらったひょうしに、口が耳までさけ、するどくとがった歯《は》の一本一本と、その奥にある、がぽっとあいた赤いのどまで見えました。うれしがってでてきたなみだが、ひげをつたって、からだの毛の上におち、魔王《まおう》のつける、金ぴかかざりのようにひかりました。

ミス・ビアンカは、魔物《まもの》の正体をだしてよろこんでいる、マメルークの、こんなおそろしい姿《すがた》を見たのは、はじめてでした。――けれども、彼女《かのじょ》は、機知《きち》と能力《のうりょく》と女性《じょせい》の魅力《みりょく》の、ありったけを準備《じゅんび》しながら、おそれずにマメルークに近づきました。

「どちらを、先にめしあがるの？」ミス・ビアンカは、こうききました。「まさか、二ひき一度《いちど》に、のみこむわけにはいきませんものね！」

「できないんだと？」マメルークは、にかっとわらいました。「見てろよ！」

「もちろん、真夜中《まよなか》のごちそうのために食欲《しょくよく》をなくさないようにと、おききしたのですわ。」ミス・ビアンカは、いそいでいいました。「たしか、今夜でしたわね？」

「ほら、あなたが、だれよりもたくさんめしあがるので、みんなが、びっくりするとおっしゃった、おおごちそうなんでしょ？　あらまあ、こんどは、あなたが、さっぱりめしあがらないんで、みんながおどろくっていうわけかしら。ニルスとバーナードを食べて、お腹《なか》がいっぱいでは、一口も、いただけませんものね！」と、ミス・ビアンカは、むとんちゃくにいいました。

彼女《かのじょ》は、自分のほんとうの気持《きも》ちをかくしながら、マメルークの自尊心《じそんしん》をくすぐって、じつにうまく話をすすめました。

鉄《てつ》の腹《はら》のマメルークとよばれるのが、いちばんじまんのマメルークにしてみれば、ミス・ビアンカが、気にしないのなら、彼女《かのじょ》の目の前で、友だちを食べてみせたところで、そんなにおもしろくありません。――マメルークは、前足でおさえた二ひきのねずみを、どうしたものかと、ながめました。ニルスとバーナードは、くらやみ城《じょう》にきてから数か月、栄養《えいよう》のあるものを食べて、よくふとっていました。どちらか一ぴきだけでも、ねこにとって、たっぷり一度《いちど》の食事《しょくじ》になりました。それに、おおみそかには、ごちそうのまえにマメルークは、なにも食べないことにしているのです……。

「おまえのいうとおりかもしれないな。」と、マメルークはいいました。「じゃあ、こいつらの、くびの骨《ほね》だけおっておいて、明日、食べるとするか。」

「まあ、あきれたわ！」ミス・ビアンカは、またいいました。「あなたを美食家《びしょくか》だと思っていましたのに！　まえにもうしあげたかもしれませんが、わたくしのお友だちのペルシャねこが、いつもいっていましたわ。ねずみは、ころしたら、一時間でもおいてはいけないんですって！　でも、あなたは、そまつな食事《しょくじ》にならされてしまったのね。」

マメルークは、みごと、ひっかかりました。

「わしは、そまつな食事《しょくじ》など、食うものか！」マメルークは、わめきました。「ぜいたくに暮《く》らしているわ！」

「それをきいて安心《あんしん》しましたわ。」ミス・ビアンカは、さわやかにいいました。「でもあなたって、つまらないかた。わたくしのお友だちのペルシャねこは――」

「わしは、つまらなくないぞ！」マメルークは、どなりました。

「わたくしのお友だちのペルシャねこは、」と、ミス・ビアンカは、つづけていいました。「ねずみを食べることについて、こんなしゃれたことをいいましたわ。『ころしたばかりのねずみは、キャビア』といっていましたわ。『一日たてば、アリの卵《たまご》』ですって！　あなたが、アリの卵《たまご》でも平気《へいき》で食べるんならべつですけれど――大使館《たいしかん》では、キンギョのえさよ――でも、こんなことといっても、むだですわね。」ミス・ビアンカは、親切そうにいい

ました。「あなたが、いちばんいいと思うことをなされればいいんだわ。」

マメルークは、すっかりわからなくなってしまいました。真夜中《まよなか》のごちそうのまえに、食欲《しょくよく》をなくしたくはなし、二ひきを、にがす気にはなれないし、といって、ころして、明日までとっておけば、ミス・ビアンカは、おれのことを、キンギョだとぬかしやがる！ ふとったねずみを二ひき、前足でおさえているねこにとって、なんとも妙《みょう》なことになりました。

気持《きも》ちのぐらつきが、からだの筋肉《きんにく》にもつたわりはじめました。ほんのわずかですが、ニルスとバーナードをつかんでいる前足の力が、ゆるみました。バーナードとニルスは、助《たす》かるのぞみは、まずないだろうと思いながらも、顔を見あわせました。

「でも、こんなこともうしあげていいかしら？」ミス・ビアンカは、とつぜん気がついたようなふりをしていいました。「もし、外でお食事《しょくじ》なさるんなら、毛並《けな》みに、もう少し、気をおつけになって。まず、背中《せなか》からでも。」

「わしの背中《せなか》の、どこがおかしい？」マメルークは、おこっていいました。――ミス・ビアンカが、きゅうに話をかえたので、また、頭が混乱《こんらん》してしまいました。

「ごらんになったら?」と、ミス・ビアンカはいいました。

マメルークは、ぼやっと、背中《せなか》を見ました。背中《せなか》の毛は、どこもおかしくなかったのです。マメルークは、背中《せなか》の毛は、よく手入れをしたほうでした。——けれども、見ずにいられませんでした。

肩《かた》ごしに、背中《せなか》のほうを。

ねずみから、注意《ちゅうい》がそれました。

「いまよ!」ミス・ビアンカは、金切り声でさけびました。

その一瞬《いっしゅん》、ニルスとバーナードは、全力《ぜんりょく》をふりしぼって、足の下からぬけだし、いなずまのように、穴《あな》のなかにとびこみました。ミス・ビアンカは、それよりわずかに早く。外で、マメルークは、湯気《ゆげ》をたてておこりだしました……。

3

昼ごはんは、ソーセージとジャガイモの油《あぶら》いため、それに、糖《とう》みつ入りのスポンジケーキ、最後《さいご》が、チーズとビスケット。(ニルスとバーナードは、とうとう朝ごはんをぬくことにしましたが、そのかわり、なんでも二倍《ばい》ずつ食べました。)ミス・ビアンカに話さなければならないことがたくさんあるので、ニルスとバーナードは、口に食べものをほおばったままで話しました。ミス・ビアンカは、二ひきが、こもごも話す大発見《だいはっけん》をきいて、心をうばわれ、また、二ひきのとおってきた危険《きけん》な道を想像《そうぞう》して、食べものをのみこむことさえできませんでした。

「なんという勇気《ゆうき》と冒険《ぼうけん》でしょう!」彼女《かのじょ》は、思わずいいました。「バーナード、ニルス、心からおめでとうをいいますわ!」

「真《しん》の英雄《えいゆう》は、あなたです。」と、バーナードが、真剣《しんけん》にいいました。「あなたの冷静《れいせい》な行動《こうどう》と知恵《ちえ》がなかったら、われわれふたりとも、こうして、ここにはいなかったはずです。」

「そのとおりだ。」と、ニルスもいいました。「ふたりとも、マメルークの、有名《ゆうめい》な腹《はら》のなかだ！」

ミス・ビアンカは、ふるえました。

「おねがい、その話はやめて！」と、たのみました。「ほんとに、気がとおくなりそうよ。」そして、おちついた声でいいました。「わたくしたちは、囚人《しゅうじん》を助《たす》けだすまで、もう自分たちのことや、ほかのことを考えるのは、やめましょうよ。まちがいなく明日は、元日です。それなのに、まだきめなければならないことが、たくさんのこっています！　わたくしたちのゆくてに、どんな障害《しょうがい》が、立ちふさがっているのでしょう！」ミス・ビアンカは、とつぜん、がまんができなくなって、すすり泣《な》きをはじめました。（むりもありません。いまごろになって、はげしい恐怖《きょうふ》のとりこになったのです。）「あの川、川がこわいわ！」

しばらく三びきは、川のことを考えました。

「およぐだけさ。」と、ニルスが、大胆《だいたん》にいいました。「向《む》こう岸《ぎし》の荒野《こうや》がいやだね、おいらは……。」と、つづけていいました。

三びきは、しばらく、荒野《こうや》のことを考えました。

「歩くだけさ。」と、バーナードがいいました。

それから、こんどは、囚人《しゅうじん》のことを考えました。すると、新しい勇気《ゆうき》がわいてきました。

三びきは、これまでだれも考えたことのない——考えたとしても、成功《せいこう》することのなかった——計画を、具体的《ぐたいてき》に考えはじめました。

くらやみ城《じょう》から、囚人《しゅうじん》を助《たす》けだすのです。

12

大《だい》脱《だっ》走《そう》

1

囚人救出《しゅうじんきゅうしゅつ》の計画は、元日(明日)に、決行《けっこう》されることにきまりました。

それは、いうまでもないことでした。元日の朝は、ただひとりの看守《かんしゅ》が、はたらいているだけで、マメルークでさえ、食べすぎて動《うご》けなくなり、三びきにとっては、地下牢《ちかろう》の上の通路《つうろ》に入りこむ、ただ一度《いちど》のチャンスだったからです。

「まちがいないと考えてよろしいでしょうか?」と、ミス・ビアンカが、賛成《さんせい》をもとめました。

「賛成《さんせい》!」と、バーナードがいいました。

三びきは、この重大《じゅうだい》な問題《もんだい》を話し合うために、囚人《しゅうじん》友の会くらやみ城支部《じょうしぶ》の特別会議《とくべつかいぎ》をひらいていたのです。三びきは、まず、昼ごはんのあとをかたづけてから、会議《かいぎ》をはじめたのでした。

「まちがいないとしよう。」と、ニルスがいいました。

「全員賛成《ぜんいんさんせい》とみとめます。」と、議長《ぎちょう》のミス・ビアンカはいいました。「では、わたくしどもは、そろって地下牢《ちかろう》の上の通路《つうろ》に入り——」

「異議《いぎ》あり。」バーナードの声がしました。「議長《ぎちょう》は城《しろ》の下の水門で、われわれと合流《ごうりゅう》することを提案《ていあん》します。そうすれば、いくらか危険《きけん》をさけられると思います。」

「いやです！」ミス・ビアンカは、大声でいいました。「なんの助《たす》けも案内《あんない》もなしに、ひとりで川までおりていくなどということは、」彼女《かのじょ》は、議長《ぎちょう》らしくいいました。「議長《ぎちょう》としてとりあげるべき提案《ていあん》ではありません。わたくしたちは、そろって通路《つうろ》に入ります。そして囚人《しゅうじん》との連絡《れんらく》は、ニルスが——」

「それは、おいらにまかしといてくれ！」ニルスはさけびました。

「おまかせします。」と、ミス・ビアンカはいいました。「それからニルスは、格子《こうし》から、かぎを投《な》げ入《い》れるのです――」

そこで、彼女《かのじょ》は、口ごもりました。

「かぎは、どうして、手に入れますか？」と、ミス・ビアンカはききました。

「看守《かんしゅ》が、ベルトにさげている。」と、ニルスはいいました。「ほかのかぎとたばにしてな。バーナードとおいらが、それは、しらべてある。おいらが、かぎたばをそっくり投《な》げ入《い》れて、囚人《しゅうじん》に、そのなかから自分のとびらのかぎを、さがしてもらえばいい。」

「では、どうやって、そのかぎたばを、看守《かんしゅ》から手に入れますか？」ミス、ビアンカは質問《しつもん》をつづけました。

「力ずくでさ。」と、ニルスはこたえました。

ミス・ビアンカは、その点がはっきりしないので、不安《ふあん》になりました。ねずみが、どうやって、看守《かんしゅ》から力ずくでかぎたばを、うばえるのでしょうか？　けれども、ミス・ビアンカは、自信《じしん》にみちた会議《かいぎ》の雰囲気《ふんいき》を、そこないたくありませんでした。それと同時に、かの有名《ゆうめい》なウェリントン公爵《こうしゃく》*のいったことばを、思い出しました。敵《てき》が、はりがねの計画をめぐらせば、それに対《たい》して、糸の計画をめぐらせと。――それは、決定的瞬間《けっていてきしゅんかん》に、インスピレーションがわくよゆうをのこしておけ、という意味《いみ》なのです。ミス・ビアンカは、三びきの計画が、糸のように切れやすく、しなやかに見えても、最後《さいご》には、ロープのはしごのように強いものであるようにとねがいました。――そして、つぎの議題《ぎだい》に、話をすすめました。

「ニルス、あなたの意見《いけん》は、すばらしいですわ。」と、彼女《かのじょ》はいいました。「そして、あなたがとびおり――まあ、どうしましょう!」ミス・ビアンカは、こんどは、少しばかり自信《じしん》をなくしながらいいました。「わたくしは、どうやって、おりるのかしら?」

ニルスとバーナードは、しばらく、べつの部屋《へや》で小委員会《しょういいんかい》をひらきました。

「ぼくが、二番目にとびおります。」べつの部屋《へや》からでてきて、バーナードが、こういいました。「そして、われわれは、消防士《しょうぼうし》たちがやるように、下で、ハンカチをひろげてまちうけます。あなたは、その上にとびおりてください。マメルークからわれわれを助《たす》けたことにくらべれば、半分ほどの危険《きけん》もありません。」

「できると思いますわ。」と、ミス・ビアンカは、小声でいいました。――そこで、また議長《ぎちょう》らしく、てきぱきと会議《かいぎ》をすすめました。

「つぎに、囚人《しゅうじん》に、わたくしたちを信《しん》じさせなければなりません――」

「それも、おいらにまかせてくれ！」と、ニルスがさけびました。

「――それから、かぎで、彼《かれ》に地下牢《ちかろう》のとびらをひらかせ、川岸《かわぎし》まで、彼《かれ》をつれていかなければなりません。さて、これまで、みなさんから、いろいろ異議《いぎ》がでましたが、」婦人議長《ふじんぎちょう》のミス・ビアンカは、きびしくいいました。「こんどこそ、『川をおよぎわたらなければならないがどうしよう？』などと、発言《はつげん》しないように。およいでわたるのは、わかりきったことなのですから。」

「それから荒野《こうや》を、歩くんだ。」と、バーナードがつぶやきました。

「そうです。それから歩くのです。」と、ミス・ビアンカもいいました。（彼女《かのじょ》は、バーナードに指揮《しき》をとるように、たのむべきだったかもしれませんが、なぜか、そうしませんでした。）

「では、」と、彼女《かのじょ》は、ことばをつづけました。「看守《かんしゅ》が、明日の朝の見まわりにでるまで、わたくしたちのできることはなさそうです。ですから、力をたくわえるために、できるだけ睡眠《すいみん》をとっておくほうがいいと思います。それから、たつ鳥は、あとをにごさず、きれいにそうじをして、ここをでていきたいと思います。」

そのとおり、夜になるまで、のこりの時間をぐっすりねむったのち(そのあいだじゅう、マメルークは、穴《あな》の外で、むだな見はりをつづけていました。)三びきは、真夜中《まよなか》まで、大そうじをやりました。その穴《あな》に、ほかのねずみがやってきて、住《す》むということは、まあないでしょう。ですから、大そうじをする必要《ひつよう》はなかったわけですが、ミス・ビアンカが、なんの気なしにいったそうじが、たかぶった神経《しんけい》をしずめるのに、いちばんききめがありました。

マメルークが、十二時少しまえに、真夜中《まよなか》のパーティーへでかけましたので、三びきは、家具《かぐ》をすっかり穴《あな》の外へだして、それから数時間、心ゆくまで、そうじにはげみました。

ニルスとバーナードが、じゅうたんを、めくりあげているときに、真夜中《まよなか》のごちそうをたのしんでいる看守《かんしゅ》たちの歌声やさけび声が、かすかにきこえてきました。また、かわいたパンくずで、壁紙《かべがみ》をふいているときに、最後《さいご》のさわぎがきこえ、それから、しずかになっていきました。そして、夜明けになって、最後《さいご》のごみを、ロビーからはきだすときに、ミス・ビアンカは、鉄《てつ》の腹《はら》のマメルークが、よろよろともどってきて、だんろのまえで動《うご》かなくなるのを見ました。そのころまでに、三びきはこれ以上《いじょう》おちつけないと思うほど、おちついていました。

からだに力をつける朝ごはんを食べ、隠《かく》れ家《が》を最後《さいご》に見わたしたときは、すべてが、整《せい》理《り》され、清潔《せいけつ》で、すがすがしい気持《きも》ちになりました。

「住《す》んでみりゃあ、わるいすみかじゃなかったなあ。」ニルスは、船乗《ふなの》りの長ぐつをはき、こしに短剣《たんけん》をさしながら、つくづくいいました。

バーナードは、こん棒《ぼう》を手に、だまってうなずきました。バーナードは、自分がなにをいいだすかわからなくて、なにもいえませんでした。こんなひどい情況《じょうきょう》のなかで暮《く》らしてきたのに、バーナードは、ミス・ビアンカのために、壁紙《かべがみ》をはったときのことが、いちばんたのしく思い出されて、しかたがありませんでした。それから、そのミス・ビアンカが、この穴《あな》にやさしいことばをかけているのをきいて、うれしくなりました。

「さらば、なつかしの隠《かく》れ家《が》よ！」ミス・ビアンカは、しずかにくりかえしました。「さらば、なつかしの隠《かく》れ家《が》よ！」

バーナードは、ミス・ビアンカのスーツケースを、もってやりました。ニルスが、まず、

B.

ゆくてに人影《ひとかげ》がないかどうかたしかめました。人影《ひとかげ》は、ありませんでした。だんろのまえで、マメルークが、いびきをかき、悪《わる》い夢《ゆめ》でも見ているのでしょう、顔をゆがめて寝《ね》ています。三びきは、葉巻《はまき》の吸《す》いがらや、マッチのあきばこや、チューインガムのつつみ紙のあいだを走りました。もう二度《にど》と、この床《ゆか》を走ることもありません。ミス・ビアンカは、これもお別《わか》れと、壁《かべ》にピンどめされた無数《むすう》のチョウを、悲《かな》しそうに見あげました。けれども、これで監獄長《かんごくちょう》の部屋《へや》ともおわかれだと思っても、だれも悲《かな》しくなりませんでした。

＊ウェリントン公爵《こうしゃく》――(一七六九―一八五二)イギリスの将軍《しょうぐん》、政治家《せいじか》。ウォータールーでナポレオン一世《いっせい》を破《やぶ》る。

2

三びきは、廊下《ろうか》を走りました。石段《いしだん》をくだり、また廊下《ろうか》、そして、また石段《いしだん》をくだり……ミス・ビアンカにとっては、はじめての場所《ばしょ》ばかりですが、城《しろ》のなかをしらべつくしたニルスとバーナードは、まよわず走りつづけました。三びき以外《いがい》に、生《い》き物《もの》の気配《けはい》は、まったくありません。廊下《ろうか》は、がらんとしているし、石段《いしだん》にも見はりはおりません。そして、マメルークが、いっていたように、看守《かんしゅ》たちは、たったひとりをのぞいて、ベッドで寝《ね》こんだまま、まくらから頭をあげることさえできませんでした。

だが、そのひとりは、どこにいるのでしょう？

三びきは、地下牢《ちかろう》の真上《まうえ》の通路《つうろ》に近づくにつれ、あたりに、いっそう気をくばりました。最後《さいご》の石段《いしだん》では、ニルスが先にすすみ、バーナードとミス・ビアンカは、石段《いしだん》のとちゅうまでおりて、そこでまちました。

「すぐもどってくるかしら！」ミス・ビアンカは、ささやきました。――いまや、三びきの足音さえとだえたので、あたりは、おそろしいばかりに、しずまりかえっています。まるで、城全体《しろぜんたい》が、百万倍《ばい》ほども大きなねこの前足となって、のしかかってくるように感《かん》じられました……。

すると、うれしそうなニルスのよび声がきこえ、二ひきは、石段《いしだん》を走りおりました。すると、そこに見えたのは、なんと、鉄《てつ》のとびらによりかかったままの――まるで、とびらの支《ささ》えのように、とびらをひらいたままの――食事係《しょくじがか》りの看守《かんしゅ》だったではありませんか！　まさに、ぶっつぶれる一歩手前というところです。食事《しょくじ》のかんとなかみは、あたりにちらばっています。ミス・ビアンカは、看守《かんしゅ》が、ぐっすり寝《ね》こんでいるのを見て、ほっとしました。力ずくで、かぎたばをうばう必要《ひつよう》はなくなったのです。

なんという幸運《こううん》の一瞬《いっしゅん》でしょう！　――まさに、そうなろうとしていたのです！　ところが、三びきが、勝利《しょうり》を手に入れたと思ったのもつかのま、まったく予想《よそう》もしなかったことに気づきました。

そのふとった看守《かんしゅ》のこしのベルトには、かぎたばがなかったのです。かぎたばは三びきのとてもとどかない、看守《かんしゅ》の頭の上に、ぶらさがっていました。看守《かんしゅ》は、すべすべした鉄《てっ》のとびらのかぎ穴《あな》に、かぎをさしこんだまま、ねむりこけてしまったのです。すべすべした鉄板《てっぱん》を、垂直《すいちょく》にのぼることのできるねずみなどいるわけがありません。

「どうしたらいいんだ？」ニルスは、必死《ひっし》でした。

「考えるんだ！」バーナードがいいました。「ここで負《ま》けてたまるか！」

三びきの目の前には、ふとくてでかい看守《かんしゅ》のからだが、大きな山のようにそびえていま

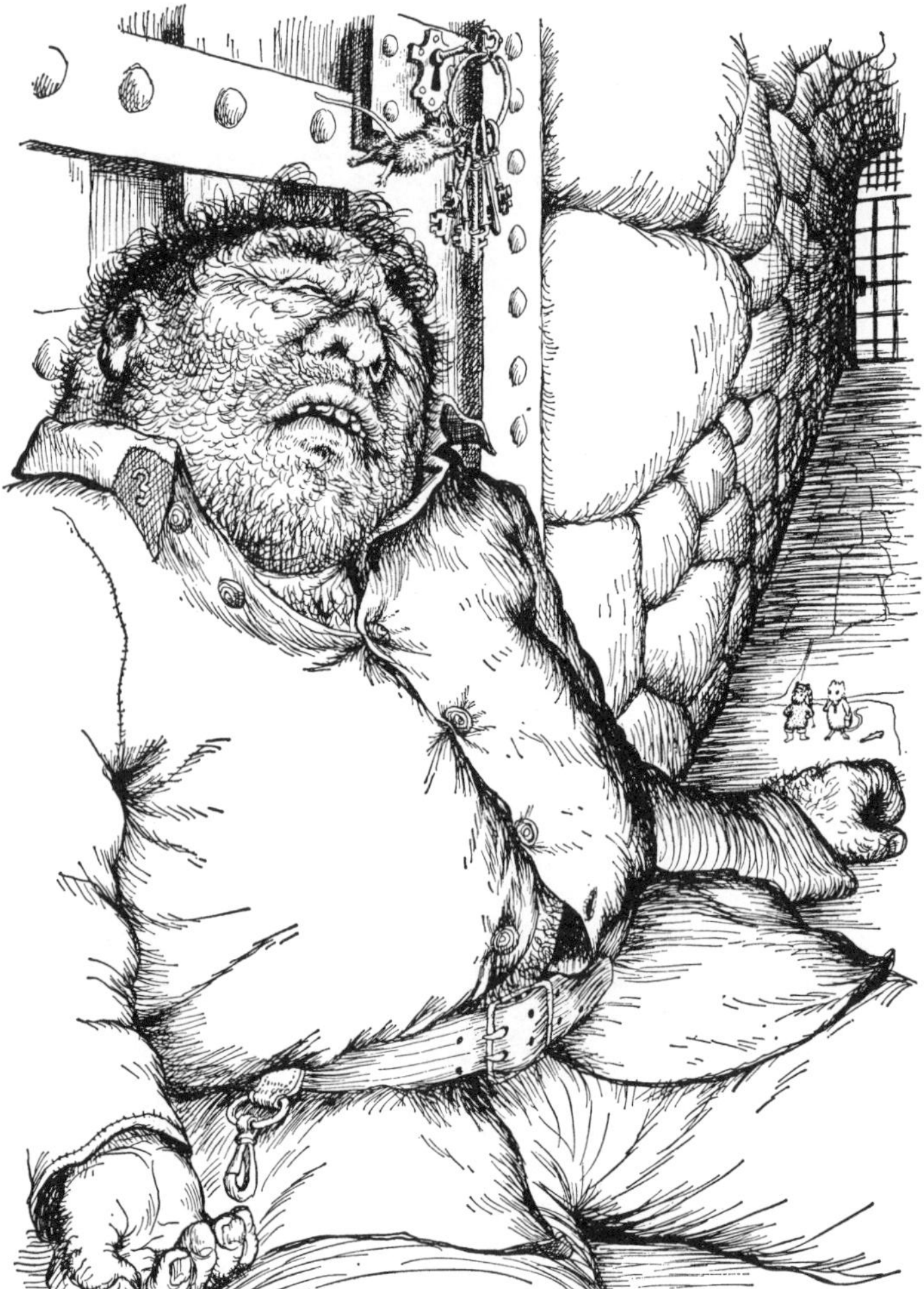

した。――山のように！　山といえば、バーナードは、きのうは半日、ニルスといっしょに、たいへんな登山《とざん》をやってのけたのです。そして、看守《かんしゅ》のたれた頭のてっぺんから、かぎ穴《あな》まで、わずか三センチほどしかありません……。

「下で、うけとってくれ！」バーナードは、むこうみずにさけびました。

バーナードは、最後《さいご》の瞬間《しゅんかん》に、インスピレーションがわいたのです。ウェリントン公爵《こうしゃく》がいたならば、きっとほめたたえてくれたでしょう。ミス・ビアンカも、バーナードを、誇《ほこ》りに思いました。バーナードは、一瞬《いっしゅん》もためらわず、投《な》げだされた看守《かんしゅ》の足にとびのり、すねからももへ走り、波《なみ》うつ大きなお腹《なか》を――まるで地震《じしん》のようにゆれていました――はいのぼり、そして、肩《かた》の上に……。

「気をつけて！」声もとどかないような、はるか下から、ミス・ビアンカは、よびかけました。バーナードは、下にむかって手をふり、のぼりつづけました。看守《かんしゅ》の顔は、登山《とざん》の専門家《せんもんか》にとっても、難所《なんしょ》ちゅうの難所《なんしょ》でした。不精《ぶしょう》ひげのはえた素肌《すはだ》をのぼるのは、みがいた岩をのぼるようなものでした。

バーナードは、かろうじてやってのけました。――まさに、危機《きき》一髪《いっぱつ》で、山は噴火《ふんか》しました。看守《かんしゅ》が、くしゃみをしたのです。けれども、バーナードの足は、もしゃもしゃのかみの毛にかかっていたので、しっかりとしがみつくことができました。

看守《かんしゅ》は、くしゃみをしましたが、目はさましませんでした。勇敢《ゆうかん》なバーナードは、こんどは、油《あぶら》くさいジャングルをかきわけるように、なおもすすみました。バーナードは、ついに、看守《かんしゅ》の頭のてっぺんにつき、頭の上にぶらさがるかぎたばめがけて、えいっとばかりにとびつきました。そして、二度《ど》三度《ど》、満身《まんしん》の力をこめて、かぎたばにぶらさがったまま、からだをゆすりました。すると、かぎ穴《あな》からかぎがぬけ、バーナードとかぎたばは、なだれおちました。

「こんどは、おまえの番だ、ニルス！」バーナードは、荒《あら》い息《いき》をつきながらさけびました。

ニルスは、たちまち、走りだしました。（ほめたり、おめでとうをいったりしているひまはありません。）バーナードとミス・ビアンカは、二ひきでかぎたばをひきずりながら、そのあとをおいました。ぐっすりねむっている看守《かんしゅ》のからだのむこうに、目ざす地下牢《ちかろう》の通路《つうろ》が、長ながとつづいています。そして、通路《つうろ》の岩床《いわどこ》には、四、五メートルおきに地下《ちか》牢《ろう》の格子《こうし》が、はめこまれていました。

ニルスは、すばやく走りながら、格子《こうし》を一つずつのぞきこみ、ノルウェー語で、よびかけました。三びきは、どうしようもないほど不安《ふあん》になりました。もし、看守《かんしゅ》が目をさませば？　時間が、たちまちすぎさるように思われました。そして、ついに、最後《さいご》の最後《さいご》の格子《こうし》で、ニルスが、たちどまりました。返事《へんじ》があったのでしょうか？　そうです。返事《へんじ》があったのです。

「かぎだ！」と、ニルスのさけび声。バーナードとミス・ビアンカは、格子《こうし》のあいだから、かぎたばをおしこみました。かぎをまとめて先っぽから格子《こうし》のなかへ、つづいて、かぎの輪《わ》を、おしこむようにして。かぎたばの下におちる音が、きこえました。

「ノルウェー、ばんざい！」ニルスはさけびました。――そして、ためらわず、かぎのあとから、とびおりました。

そして、バーナードも、とびおりました。ミス・ビアンカが、目をこらして下をのぞきこむと、バーナードのハンカチが、いそいでひろげられるのが見えました。幸《さいわ》いなことに、そのハンカチは、小さなテーブルクロスほどもある、大きなハンカチでした。それでも、とてもこわくて目をつぶりました。

「勇気《ゆうき》をだすんだ、ミス・ビアンカ!」二ひきのさけび声が、彼女《かのじょ》に力をあたえました。

ミス・ビアンカは、目をつぶってとびおりました。

つぎの瞬間《しゅんかん》、三びきはそろって、ノルウェー人の詩人《しじん》の地下牢《ちかろう》に入っていました。とても不可能《ふかのう》と思われたことの、第一歩《だいいっぽ》をやりとげたのです。

3

けれども、地下牢《ちかろう》の詩人《しじん》のありさまは、それはひどいものでした。

詩人《しじん》は、やせおとろえ、毛むくじゃらのために、はじめに見たときは、老人《ろうじん》なのか若者《わかもの》なのかわかりませんでした。ぼろぼろの囚人服《しゅうじんふく》の上までたれさがった、もしゃもしゃのかみの毛は、――いったい、金髪《きんぱつ》なのでしょうか、白髪《しらが》なのでしょうか? まぶたが、赤くはれあがっているのは、年よりのためなのでしょうか、泣《な》きつづけたためでしょうか? 寝床《ねどこ》のはしにちぢこまっている詩人《しじん》は、二十歳《さい》かもしれないし、百歳《さい》の老人《ろうじん》にも見えました。

そのちぢこまっているようすから――まげたひざにひじをつき、両手《りょうて》にあごをのせ――ミス・ビアンカは、ふと、大使《たいし》のぼうやのことを思い出しました。ぼうやは、悲《かな》しくて悲《かな》しくてたまらないときに、ちょうど、こんなふうに、ちぢこまっていたものです……。「彼《かれ》は、若《わか》いのよ！」ミス・ビアンカは、ささやきました。「かわいそうなかた！」

詩人《しじん》は、寝床《ねどこ》のすぐよこの地面《じめん》にかぎたばがおちてきたのに、手をのばして、それをとろうともしないほど、悲《かな》しみにうちひしがれていました。あるいはたぶん、これまでにも、看守《かんしゅ》が、囚人《しゅうじん》をからかうために、ものを投《な》げおとしたからかもしれません。ちょうどマメルークが、囚人《しゅうじん》に、つばをかけるために、とびおりてくるように……。

三びきは、かわいそうに思いながら、しばらく、囚人《しゅうじん》を見つめるだけでした。ミス・ビアンカの目には、なみだがうかびました。そこでまた、ニルスが、ノルウェー語で、なにかをいいました。

「くるった頭よ、しずかにしろ！」囚人《しゅうじん》は、つぶやきました。「さっきの幻聴《げんちょう》だけで、もうたくさんだ！」

ニルスは、四回もつづけて、さけばなければなりませんでした。とうとう囚人《しゅうじん》が、ふしぎそうに、顔をあげました。――はじめに上を見あげ、それから、あたりを見まわしました。囚人《しゅうじん》が、やっと下を見おろすまでに、ニルスは、声が、かれそうでした。囚人《しゅうじん》が気がつくと、三びきは、一列《れつ》にならびました。ニルスとバーナードは、二歩うしろへさがり一歩まえへでて、ていねいにひげをひっぱりました。（どんな非常《ひじょう》の場合でも、礼儀《れいぎ》をわすれてはいけません。）ミス・ビアンカは、二ひきのあいだで、おじぎをしました。

囚人《しゅうじん》は、少しじっとしていましたが、足をそろえて立ちあがり、おじぎをかえしました。ここでみなさん、彼《かれ》が詩人《しじん》であるということを、思い出してください。詩人《しじん》というものは、あたりまえのことにおどろきを見いだし、おどろくべきことを、あたりまえにうけとる才能《さいのう》をもっているものです。ですから、バーナードとニルスとミス・ビアンカ――船乗《ふなの》りの長ぐつをはいたニルス、小型《こがた》のスーツケースをさげたバーナード、それから、銀《ぎん》のネックレスをかけたミス・ビアンカ――を見ても、詩人《しじん》は、少しもまごつきませんでした。そして、ニルスが、ノルウェー語で話しかけるのをきいても、おどろくより、よろこんだのでした。

けれども、礼儀正《れいぎただ》しく歓迎《かんげい》のことばをのべた詩人《しじん》の声は、長いあいだ、口のきけない、ひとりぼっちの地下牢《ちかろう》生活で、あわれなほど弱よわしい声になっていました。ミス・ビアンカは、もう一度《いちど》、なみだで目をしばたたきました。

「助《たす》けにきたんだといって！」ミス・ビアンカは、ニルスにたのみました。

「さっきから、それをいってんだ。」と、ニルスは、いらいらしながらいいました。「ほら、また、くりかえしだ！」

ニルスは、長ながとしゃべりだしました。そして、ときどき、詩人《しじん》に質問《しつもん》されては、それにこたえているようでした。

「この人は、家族《かぞく》のことばっかりききたがるんだ！」ニルスは、もうがまんができないというように、囚人《しゅうじん》のいっていることを、二ひきにつたえました。

「その話は、あとでできるといってくれ。」と、バーナードがいいました。「いまは、いそがなければだめだ、といってくれ！」

そういうまにも囚人《しゅうじん》は、からだが弱ってつかれているのと、また、三びきをもっとよく見るために、ひざをついてしまいました。ニルスは、囚人《しゅうじん》の手にとびのり、うでにかけの

ぼり、ちょくせつ、耳もとでさけびだしました。(「囚人友《しゅうじん》の会のことから話さなけりゃあだめなんだ!」ニルスは、下の二ひきにむかっていらいらとさけびました。)

また、ずいぶん時間がかかったように思われました。そしてやっと、囚人《しゅうじん》のたのしい夢《ゆめ》を見ているような顔つきが、注意《ちゅうい》ぶかい顔つきにかわりました。ついに、三びきのねずみのきたわけが、わかりはじめたのです。目が、かがやきはじめました。囚人《しゅうじん》は、かぎたばをひろいあげ、だいじそうに手にもって――バーナードのほうにからだをかがめ、感謝《かんしゃ》の気持《きも》ちをあらわして、内気なバーナードの顔が赤らむほど、じっと見つめました。そして、なにか、二言三言いうと、よろめきながら立ちあがりました。

「なんていってるんだ?」と、バーナードがききました。「われわれといっしょにくるのか?」

「こういっている。」と、ニルスが、真剣《しんけん》にいいました。「おいらたちに、いのちをあずけるとさ。」

三びきは、顔を見あわせました。そして、囚人《しゅうじん》のやつれた弱よわしいからだつきをながめました。ニルスとバーナードは、水門につうじる、すべりやすい石段《いしだん》や、その先の、荒《あら》い川のことを考えました。なんという重大《じゅうだい》な責任《せきにん》をおわされたのでしょう! けれども、三びきの勇気《ゆうき》は、ますますたかまり、そして、囚人《しゅうじん》も、勇気《ゆうき》をだしているようすでした。

(彼《かれ》は、詩人《しじん》でした。ですから、夢《ゆめ》を見ているとは考えませんでした。詩人《しじん》でない囚人《しゅうじん》なら、ばかばかしい夢《ゆめ》だと考えて、せっかくのにげるチャンスを、失《うしな》ってしまったかもしれません。)

ふるえながら、けれども、決然《けつぜん》として——指《ゆび》はふるえていましたが、気持《きも》ちは、しっかりしていました——とびらのかぎ穴《あな》に、一つずつ、かぎをさしこんで、ためしてみました。

三本目のかぎで、とびらはひらきました。

監獄《かんごく》のとびらがひらく！　一生のうちで、これ以上《いじょう》すばらしい瞬間《しゅんかん》が、あるでしょうか。囚人《しゅうじん》は、また、ひざをつきました。けれども、こんどは、からだが弱っていたからではありませんでした。囚人《しゅうじん》は、立ちあがりました。冷《つめ》たいしめった空気が、ぼろぼろの囚人服《しゅうじんふく》をふきぬけたので、びくっと、一度《いちど》だけからだをふるわせました。そして、三びきのあとについて通路《つうろ》をぬけ、にっこりわらいながら水門の石段《いしだん》の、いちばん上の段《だん》に足をのせました。

4

川の水は、もう岸《きし》からあふれてはいませんでした。けれども、石段《いしだん》をおりていくにつれ、はげしい流《なが》れの音が、ごうごうとひびいてきます。川は、いぜんとして荒《あ》れています！　けれども、それをどうすることもできません。三びきと詩人《しじん》は、すすむだけでした。一段《だん》一段《だん》が、三びきにとっては、どろですべる絶壁《ぜっぺき》のようでした。三びきは、すべったりころんだりしながらおりつづけました。詩人《しじん》も、ぬれた岩壁《いわかべ》に手をついてからだをささえながら、おりていきました。おそれふるえながら、しかし決然《けつぜん》として、三びきと詩人《しじん》は、おりていきました。そして、おそれふるえながら、石段《いしだん》の下についたのです――。

すると、奇跡《きせき》ちゅうの奇跡《きせき》、一そうのいかだが、荒《あ》れた流《なが》れをさけて、水門の岸《きし》にもやっていたのです。川の流《なが》れがあばきだした水門の入口の、古い鉄《てつ》の輪《わ》に、もやい綱《づな》をむすびつけて！

「これぞ、ねずみの天の恵《めぐ》み！」バーナードは、思わずさけびました。「ついにあらわれた、天の恵《めぐ》み！ ――ニルス、詩人《しじん》に、いかだに乗《の》るようにいってくれ！ ミス・ビアンカ、きみは、もやい綱《づな》をつたって！ ニルスとぼくは、きみのあとからいく！」

ニルスが、ノルウェー語で、なにかいいました。詩人《しじん》は、うなずきました。最後《さいご》のもう一歩です。いかだまで、わずか一メートル。

そのときです。詩人《しじん》は、足をすべらせて、川におちました。おそろしい水面下《すいめんか》の流《なが》れが、そのからだをひきずりこみ、気まぐれな川は、詩人《しじん》を、おし流《なが》しました！

13

いかだ

1

ニルスとバーナードは、一瞬《いっしゅん》もためらわずに、詩人《しじん》のあとをおってとびこみました。

「彼《かれ》のあごをあげろ！」バーナードがさけびました。「あごをあげなきゃだめだ！」

「どこにいるんだ？」ニルスが、さけびかえしました。

すると、そのとき、詩人《しじん》が、水面《すいめん》に浮《う》いてきました。ニルスとバーナードは、詩人《しじん》めがけて力のかぎりおよぎました。

「長ぐつをぬぎすてろ、まぬけ！」バーナードは、水をのみこんで、むせびながらさけびました。ニルスは、長ぐつをぬぎすてると、およぎやすくなりました。けれども、二ひ

きの力では、どうすることもできませんでした。がくりとたれた詩人《しじん》の頭は、二ひきには、あまりにも重《おも》すぎました。

「およげ！　死《し》にたくなきゃあ、およぐんだ！」

ニルスは、ノルウェー語で、さけびました。それも、ききめがありませんでした。詩人《しじん》は、長いあいだの地下牢《ちかろう》ぐらしで、からだがすっかり弱り、水をひとかきする力もありませんでした。ニルスとバーナードは、もう、自分がおよぐのがやっとでした。詩人《しじん》は、感謝《かんしゃ》のしるしに、かすかなほほえみをうかべながら――もう、だめだというときにも、礼儀《れいぎ》をわすれず！　――また水の中にしずみはじめました……。

このおそろしいできごとのあいだ、ミス・ビアンカは、どこにいたのでしょう？

彼女《かのじょ》は、非常時《ひじょう》にだれもがやるべきことをやったのです。それは、命令《めいれい》にしたがうことでした。彼女《かのじょ》は、まよわず、もやい綱《づな》をつたって、いかだの上へ。ミス・ビアンカは、船頭のおかみさんが、草ぶき小屋《こや》からでてきたことも、気づきませんでした。ミス・ビアンカは、川のなかのようすをよく見ようと、からのニワトリかごの上に、かけのぼり――そして、ひと目見るや、びっくりして悲鳴《ひめい》をあげました！

おかみさんも、きゃあっと、さけびました。おかみさんは、かごの上のミス・ビアンカをひと目見て、すぐさまニワトリかごをけおとしました。ちょうどそこへ、息《いき》もたえだえの詩人《しじん》が浮《う》いてきて、両手《りょうて》をのばしました。

それからしばらくのあいだ、おおさわぎとなりました。おかみさんは、もう一度《いちど》、きゃあっと、さけびました。草ぶき小屋《こや》から、ふたりの男が、ころがるようにとびだしてきて、力をあわせて詩人《しじん》をひきあげました――ニルスとバーナードは、詩人《しじん》の服《ふく》にしがみつき、ミス・ビアンカは、ニワトリかごにしがみついてあがってきました。三びきと詩人《しじん》は、水をたくさんのみこんでいたので、人工呼吸《じんこうこきゅう》が必要《ひつよう》でした。船頭たちが、詩人《しじん》の人工呼吸《じんこうこきゅう》をしていあいだに、三びきは、おたがいの人工呼吸《こきゅう》をやりました。みんなぶじにいかだの上に救《すく》われました。

2

海にしろ川にしろ、あるいは運河《うんが》にしろ、水路《すいろ》をつかう人たちは、みんな気持《きも》ちがつうじあうものです。話すことばの一つ一つはわからなくても、だいたいの意味《いみ》はわかります。すぐに、いかだの人たちは、すべての事情《じじょう》をのみこみました。——それでいて、くわしいことをききだそうとするようすなど、これっぽっちも見せませんでした。たとえば、すぐ頭の上に、くらやみ城《じょう》がそびえているのに、くらやみ城《じょう》のことは、だれもなにもいいませんでした。そして、やっぱりなにもいわずに、このとつぜんのお客《きゃく》に、ありあわせのかわいた服《ふく》をくれました。そして、詩人《しじん》がきがえると、古いぼろぼろの囚人服《しゅうじんふく》を小さな包《つつ》みにして、それに鉄《てつ》のアイロンをつけて、川にしずめました。（おかみさんは、詩人《しじん》のかみの毛を切ってやりました。）そして、荒《あ》れた川の流《なが》れが、少しおさまると、もやい綱《づな》をとき、いかだは、川をくだりはじめました。

「ほんとうに、親切な、すばらしい人たちね！」と、ミス・ビアンカが感心《かんしん》していいました。

「そうとも、船乗《ふなの》り気質《かたぎ》っていうものさ。」と、ニルスはいいました。

三びきのねずみは、この最後《さいご》の旅《たび》を、詩人《しじん》のポケットのなかに入ってつづけました。おかみさんが、ねずみたちをおいはらおうとしたときに、詩人《しじん》は、このねずみたちは、友だちなのだから、といいました。

「じゃあ、かってに走りまわらないように、気をつけておくれよ！」と、おかみさんは、いやな顔をしていいました。（アイロンをすてるのは、なんでもなかったのですが、ねずみは、がまんできませんでした。）そこで詩人《しじん》は、一ぴきずつポケットに入れたのです。

——バーナードを左、ミス・ビアンカを右、そして、ニルスを胸《むね》のポケットに入れました。

もう心配《しんぱい》はなし、三びきは、馬車の旅《たび》のときとおなじように、毎日、のんびりと、うつりかわる景色《けしき》をながめました。こんどは、馬車の旅《たび》のときとは、順序《じゅんじょ》が逆《ぎゃく》でした。はじめに、片側《かたがわ》が絶壁《ぜっぺき》、片側《かたがわ》が不毛《ふもう》の荒野《こうや》のあいだをくだりました。つづいて、ヒースとまがりくねったモミノキだけの野原をくだり、そして、冬支度《ふゆじたく》をしてはありますが、したしみぶかい、目に美《うつく》しいゆたかな田園をくだりつづけました。

田園では、川の岸《きし》近くをいく馬車とすれちがったり、おいこしたりすることがありました。そのたびに三びきは、身《み》をのりだして手をふりました。（ミス・ビアンカは、一度《いちど》は、アルバートを見たと思いました。けれども、ただ、似《に》ていただけなのかもしれません。）

川は、詩人《しじん》とねずみたちを、おぼれかけさせたことを後悔《こうかい》でもしているように、とてもおだやかでした。ほんのさざ波《なみ》を、ときたまかぶせるだけで、いかだを、休みなくすすめるために、ゆっくりと力強く流《なが》れつづけました。船頭たちは、こんなにしずかないい天気がつづくのは、はじめてだと、いいあっていました。――しかも、詩人《しじん》が、この幸運《こううん》をはこんできたと信《しん》じこんで、詩人《しじん》には、ますます親切にしてくれました。（そうでなくても、船頭たちは、詩人《しじん》に親切だったでしょう。）

詩人《しじん》は、日ましに、元気がでてきました。毎日、ブタ肉と、ジャガイモのフライと、リンゴのジャムを、三度三度《どど》、山のように食べました。三度三度《どど》おなじ食事《しょくじ》ではあきるひともいるでしょうが、パンと糖《とう》みつだけの食事《しょくじ》を、何年もつづけてきた詩人《しじん》にとっては、たいへんなごちそうでした。――詩人《しじん》は、いつでも三びきに食事《しょくじ》をのこしてもってきてくれました。三びきは、おかみさんをおこらせないためにも、詩人《しじん》のきびしい監督《かんとく》をうけながら、ニワトリかごのかげで、食事《しょくじ》を食べました。そして、食後の運動《うんどう》を少しばかりして、ポケットに入るのでした。時どき、月の美《うつく》しい晩《ばん》に、詩人《しじん》は、三びきに二、三分ずつ、外を走りまわらせてくれました。ミス・ビアンカは、月の光にひかれて、詩《し》を二つ書きました。

いかだの上で

なんと夜は美《うつく》しい！
航跡《こうせき》にたわむれる銀《ぎん》のさざ波《なみ》！
自然《しぜん》はしずまり、風はやみ、川はしずか、
いかだはゆく、銀《ぎん》の湖《みずうみ》の上を！

なんと夜明けは美《うつく》しい！
オーロラの指《ゆび》が、うすれゆく霧《きり》にふれ
かわいい小鳥が、朝の歌
いかだはゆく、すみれ色の海の上を！

M・B

もう一つの詩《し》は、それほど詩的《してき》ではありませんが、感情《かんじょう》をうたいこんでありました。

いかだのうた

夜も昼も、はるかな岸《きし》のあいだを
美《うつく》しいいかだは、しずかにくだる
空の太陽《たいよう》と月と星は、見守《みまも》る
いかだと積荷《つみに》に、幸《さち》あれと！

黄金の心をもつ、三人の船頭たちが
泡《あわ》だつ川から、四人の旅人《たびびと》を救《すく》う
空の太陽《たいよう》と月と星は、見守《みまも》る
いかだがぶじに着《つ》くことを！

M・B

この詩《し》には、川にふさわしいリズムがありました。三びきは、詩人《しじん》がねむっているあいだに、ポケットからポケットへ、この歌をうたいかわしました。

いかだは、速《はや》くはありませんでしたけれど、安全《あんぜん》に、詩人《しじん》とねずみたちをはこんでいきました。自由《じゆう》の土地にむかうというのは、なんとすばらしいことでしょう！　いかだの目的地《もくてきち》は、首都《しゅと》だから、そこへつきさえすればと、ニルスは、自信《じしん》ありげにいいました。もうすっかり元気を回復《かいふく》した詩人《しじん》は、ひとりで、国へかえれるにちがいない。

「そこで、おいらは、彼《かれ》といっしょにかえるとするか。」ニルスは、うれしそうにいいま

した。「ノルウェーを、もう一度《いちど》、この目でおがみに。それから、なかまたちとビールを飲《の》む。考えただけでも、ぞくぞくするわい！」

バーナードは、ミス・ビアンカを見ました。バーナードも、家にかえります。けれども、ミス・ビアンカは、いったいどこへ？　また、上流《じょうりゅう》社会へ消《き》えてしまうのだろうか？

——あの、せとものの塔《とう》のなかへ！

ミス・ビアンカは、おなじことを、自分の胸《むね》にきいていました。

14 おわり

1

使命《しめい》をりっぱにやりとげた、バーナードとニルスとミス・ビアンカの帰郷《ききょう》は、ねずみの歴史《れきし》にくりかえし説明《せつめい》されていますから、ここでは、ごく簡単《かんたん》にふれておきましょう。とうぜんのことですが、三びきをむかえた会議場《かいぎじょう》は、たいへんなさわぎになりました。

「ミス・ビアンカ、ばんざーい！」

「バーナード、ばんざーい！」そして、「ノルウェー、ばんざーい！」（ニルスが、まっ先にさけびました。）というばんざいの声で、天井《てんじょう》がさけんばかりでした。

議長《ぎちょう》ねずみが、事務局長《じむきょくちょう》にキスをしました。事務局長《じむきょくちょう》は、ミス・ビアンカにキスをしま

した。バーナードの家族《かぞく》や親類《しんるい》のものたちが、かわるがわるバーナードにキスをしました。
　ニルスは、ジャン・フロマージュ勲章《くんしょう》とタイボルト勲章《くんしょう》の両方《りょうほう》をおくられました。――まえに、どちらか一つもっていたのですが、ハーモニカと交換《こうかん》してしまったのです。――そして、ニルスが、もっとよろこんだのは、長ぐつといっしょになくしてしまった、いろいろなものを、新しくそろえてもらったことでした。
　バーナードとミス・ビアンカが、ニルスがなくしたものをリストに書いてやったのです。二ひきは、一つのこらず、おぼえていました。くつ下片方《かたほう》、ばんそうこう一はこ、ドミノのダブルシックスのこま一つ、糸くずの玉、そして、折《お》りたたみ式《しき》のせんぬきでした。ニルスは、それらがみんな、銀《ぎん》のおぼんにきれいにならべてだされたとき、また、泣《な》きそうになりました。船乗《ふなの》り用の長ぐつは、くつ屋《や》が、夜も昼も一生けんめいはたらいて、ニルスの足にあわせて新しいのをつくりました。

いかだの人たちに、どうしてお礼《れい》をしたらいいか、なかなか、いい考えがうかびませんでした。――ミス・ビアンカは、彼女《かのじょ》の姿《すがた》を見て、船頭のおかみさんが、悲鳴《ひめい》をあげ、それから、詩人《しじん》に、三びきをポケットに入れさせたことを、思い出しました。そこで、そのいかだには、「いかなる場合にも、ねずみ乗《の》るべからず」という宣言文《せんげんぶん》を書くことにしました。そして全員《ぜんいん》を代表《だいひょう》して、議長《ぎちょう》ねずみと事務局長《じむきょくちょう》が、署名《しょめい》をしました。そして、バーナードが、一度《いちど》に二十ぴきずつのねずみたちをつれていって、材木置場《ざいもくおきば》につながれているそのいかだを、教える役目《やくめ》をひきうけました。

ミス・ビアンカのかいた例《れい》の地図は、りっぱな額《がく》に入れて、演壇《えんだん》のうしろに、イソップのねずみの絵とならべてかけられました。そして、その下に、ミス・ビアンカのせんすと、バーナードの水玉もようのハンカチと、ニルスの名まえを書いた紙を入れた、ガラスケースが、後世《こうせい》のねずみたちをはげますために、記念《きねん》としておかれました。

純銀《じゅんぎん》でつくられたニルス＝ミス・ビアンカ勲章《くんしょう》が、ニルスとミス・ビアンカとバーナードにあたえられました。（バーナードは、勲章《くんしょう》の名まえに、バーナードをつけると発音《はつおん》しにくい、という意見《いけん》に賛成《さんせい》したのです。彼《かれ》ほど、けんそんなねずみは、またといないでしょう。）この勲章《くんしょう》の片側《かたがわ》には、くらやみ城《じょう》の絵がほられ、反対側《はんたいがわ》には、切れた足かせの絵がほられていました。

この新しい勲章《くんしょう》についての条文《じょうぶん》が、囚人《しゅうじん》友の会の全支部《ぜんしぶ》および外国の組織《そしき》に、ただちに送《おく》られました。それは、この勲章《くんしょう》が、ジャン・フロマージュ勲章《くんしょう》とタイボルト勲章《くんしょう》の上位《じょうい》にあるものだという知らせでした。

「それから、あなたのおかあさんのゴムぐつをわすれちゃだめね。」と、ミス・ビアンカが、ニルスにいいました。

「まったく、そのとおりだ。」と、ニルスはいいました。「もし、もってかえらなけりゃあ、おいらの皮《かわ》をひんむくといってたぜ、うちのおふくろは！」

「でも、新しいくつのほうが、よろこぶかしら？」と、ミス・ビアンカがいいました。

「おふくろにかぎって、だめだね。」ニルスは、はっきりとことわりました。「あんたじゃわからないくらい、古ぐつが好《す》きなのさ。」

そこで、二ひきは、モーターボートのなかにあるゴムぐつをさがしにいきました。ボートは、ニルスとミス・ビアンカが乗《の》りすてた大使館《たいしかん》のボート場に、そのままゆれていました。ゴムぐつも、ありました。ニルスが、ボートをながめまわしているあいだに、ミス・ビアンカは、船室に入って、ゴムぐつに角ざとうをたっぷりつめこみ、そして、ボートのびんせんをつかって、お礼《れい》の手紙を書きました。

ミス・ビアンカが船室からでてきても、ニルスはまだボートを、ながめまわしていました。ボートから、どうしてもはなれられないような顔をして、ながめまわしていました。

「すてきなボートでしょ？」とミス・ビアンカがいいました。

ニルスは、ため息《いき》をつきました。

「こんなかっこいいボート、見たことがねえ！」

「きっと、そうでしょうね。」ミス・ビアンカはいいました。

「まさに、第一級《だいいっきゅう》だ！」ニルスは、また、ため息《いき》をつきました。「まさか、この持《も》ち主《ぬし》は、」と、ニルスは、何気なくいいました。「ニルス＝ミス・ビアンカ勲章《くんしょう》を、ほしくないだろうな？」

「まあ、あきれた！」と、ミス・ビアンカは、いいかけてやめました。もう少しで、ニルスを、本気でおこるところでした。彼女《かのじょ》は、ニルスのことばをきいて、ニルスが、名誉《めいよ》の勲章《くんしょう》を、かるく考えすぎていると思ったからです。けれども、ニルスの真剣《しんけん》な目を見て、おこるのをやめました。

「交換《こうかん》するのさ。」と、ニルスはいいました。

「第一《だいいち》、勲章《くんしょう》というものは、」ミス・ビアンカは、またいいはじめました。「けっして、『交換《こうかん》』するものじゃなくってよ——」

でも、また、だまりました。だれでも、なにかを、どうしてもほしくなるときがあるものです。ニルスは、いま、モーターボートを、どうしてもほしいのです。ニルスの手は、レバーにさわりながら、あこがれにふるえているではありませんか！

（いいじゃないの？）ミス・ビアンカは、自分の心にきいてみました。（ぼうやだって、ニルスが、ノルウェーからの船旅《ふなたび》で、わたくしにどんなに親切だったかを知れば、このボートを、ニルスによろこんであげるにちがいないわ！）

ミス・ビアンカは、われしらず、大きな声でいっていました。

「ニルス、このボートを、あなたのものにしたくないこと？」

ニルスは、声もでないほどよろこびました。そして、手あたりしだいにレバーをひき――ヘッドライトをつけ、ボートを、さんばしにつきあて、ミス・ビアンカを水だらけにして、あわててレバーをもどしました。

「でも、どうやって、ノルウェーまで？」ミス・ビアンカは、気がついてききました。

「あなたは、詩人《しじん》といっしょにと、おっしゃってたわね――」

「このボートでいきゃあ、ずっと早いぞ！」ニルスはさけびました。

「なんですって？　おそろしい海をいくつも走るの？」ミス・ビアンカは、息《いき》のとまるほどおどろきました。――そして、このボートを、ニルスにあげたことを、後悔《こうかい》しました。

「ニルス、おねがい、そんなことを考えないで！」

「おいらに、ほかのことが考えられるもんか！」ニルスは、大声でいいました。「さあ、このボートの検査証《けんさしょう》をわたしてくれ。それから、船舶協会《せんぱくきょうかい》に、持《も》ち主《ぬし》がかわったことを、電報《でんぽう》で知らせといてくれ。それでおいらは、幸《しあわ》せだあ！」

ミス・ビアンカは、彼《かれ》のいうとおりにさせることにしました。彼《かれ》には、その権利《けんり》があるはずだと考えました。――それと同時に、どうしてもわからないのは、ノルウェーねずみだと思いました。

2

詩人《しじん》と小さい勇士《ゆうし》たちとの別《わか》れは、とても胸《むね》をうつものでした。（ニルスが予言《よげん》したとおり、詩人《しじん》は、自分で、家にかえる手はずをととのえました。詩人《しじん》は、あるノルウェー人の船長にゆきあい、その船長の船で、ノルウェーにかえることになったのです。詩人《しじん》は、船荷監督《ふなにかんとく》として、その船に乗《の》りこむことになりました。船長は、詩人《しじん》に、よけいなことは、なにもたずねませんでした。）

詩人《しじん》は、ノルウェーにたつ日のまえの晩《ばん》に、約束《やくそく》をしておいて、会議場《かいぎじょう》の外で、バーナードとニルスとミス・ビアンカにあいました。

「かわいいミス・ビアンカ。」詩人《しじん》は、からだをかがめながら、やさしく話しかけました。

「ノルウェーにかえったら、かならず、あなたの詩《し》を書きますよ。」

（もちろん、ニルスが、詩人《しじん》のことばを通訳《つうやく》してくれました。）

「わたくしに、そんな名誉《めいよ》をうける資格《しかく》があるかしら？」ミス・ビアンカは、つつましくいいました。「わたくしのしたことなど、ねずみの義務《ぎむ》にすぎません。でも、よろこんで、あなたのご好意《こうい》をおうけします。どうぞ、くれぐれもお元気で。」

詩人《しじん》は、ミス・ビアンカの頭に、そっと指《ゆび》をおいて、やさしくやさしくなでました。ミス・ビアンカは、ひげで、詩人《しじん》の指《ゆび》にそっとふれました。おたがいに、気持《きも》ちがつうじあいました！

「そして、きみは、」と、詩人《しじん》は、バーナードにむかっていいました。「世界一《せかいいち》の勇士《ゆうし》だ。ぼくは、ぜったいに、きみの勇気《ゆうき》をわすれない。ぼくには、お礼《れい》のことばもない。」

「そして、きみ、」こんどは、ニルスにむかっていいました。「オスロについたら、ぼくをたずねてくれたまえ。ひと晩《ばん》、ゆかいにやろうじゃないか！」

それから詩人《しじん》は、三びきをだきしめようとしましたが、それは、とてもむりなことでした。そして、胸《むね》がいっぱいになって、ものもいえず、足早に歩き去《さ》っていきました。

「さようなら、詩人《しじん》さん！」ミス・ビアンカは、よびかけました。

「さようなら！」詩人《しじん》は、ふりかえって、肩《かた》ごしにいいました。「さようなら、みんな、元気でね！」

それからバーナードとミス・ビアンカは、ニルスを、大使館《たいしかん》のボート場へ見送《みおく》りにいきました。ニルスは、ミス・ビアンカの地図が、会議場《かいぎじょう》にかざられてしまったので、こんどは、地図がありませんでした。けれども、航路《こうろ》をはっきりおぼえているからだいじょうぶだといって、二ひきを、安心《あんしん》させました。（「ほんとに、これまで見た地図のなかで、いちばんいい地図だったぜ！」と、ニルスは、大声でいいました。）

新しい長ぐつをはいたニルスは、うれしそうにモーターボートに乗《の》りました。そして、ミス・ビアンカと握手《あくしゅ》をし、バーナードの背中《せなか》を、ぱんとたたきました。そして、例《れい》のかけ声をかけ（もう、ここではくりかえしませんが）、ヘッドライトをきらめかせ、地中海、ビスケー湾《わん》、そして北海をめざして、矢のように走りだしました。

ボートが見えなくなると、あたりは、とても暗《くら》く、しずかになりました。

二ひきは、しばらく、なにもいいませんでした。

「ミス・ビアンカ、きみは、どこへかえるの?」バーナードが、ひくい声でききました。

ミス・ビアンカは、ためらいました。彼女《かのじょ》は、いまは、議長《ぎちょう》ねずみのところにとまっています。――その議長《ぎちょう》ねずみが、毎朝ベッドまで食事《しょくじ》をはこんでくれるのです。こんな、ぜいたくは、めったにできません。――けれども、いつまでも、議長《ぎちょう》ねずみのところにいるわけにはいきません。

「わからないの、ほんとに。」と、ミス・ビアンカは、つぶやきました。「この六か月というものは、なにがおこるかわからなかったし……」

「せまい料理部屋《りょうりべや》のなかだけれど、」と、バーナードがいいはじめました。「もしも、真剣《しんけん》な愛情《あいじょう》さえあれば――」

そのとたん、バーナードの話は、頭の上からきこえてきた大声で、じゃまされてしまいました。

「こりゃあ、ミス・ビアンカじゃないか!」と、その声はいっています。「ぼっちゃまのミス・ビアンカだ。ぼっちゃまが、とても心配《しんぱい》してたじゃないか！　なるほど、では、おいてけぼりをくったというわけか！」

大きな手がおりてきて、ミス・ビアンカをすくいあげました。大使館《たいしかん》の給仕《きゅうじ》さんが、だいじそうにミス・ビアンカを手のひらにのせて、お手つだいさんに見せました。（ふたりは、ボート場のそばを、なかよく散歩《さんぽ》していたのです。）

「ごほうびをもらえるんだ。」と、給仕《きゅうじ》さんはいいました。「おれは、いつでも、ぼっちゃまが好《す》きだったしな！　――さっそく、ぼっちゃまに送《おく》ってさしあげようじゃないか！　そうすりゃ、ギニー金貨《きんか》を五枚《まい》いただけるし、ミス・ビアンカは、ふくろに入って、ぼっちゃまのところへ――この、かわいいちびさんが！」

かたいけれども、人のいい感《かん》じの手のひらの上から、ミス・ビアンカは、バーナードを見おろしました。

「いまのおききになって？」と、小声でいいました。

「きいたとも。」と、バーナードはいいました。

「ぼうやが、わたくしのことを、とても心配《しんぱい》しているんですって！　ああ、バーナード、

わたくしが、あなたと別《わか》れるのは、」ミス・ビアンカはいいました。「けっして、せとものの塔《とう》にかえりたいからじゃなくってよ！　わたくしのいうことを信《しん》じて！　わたくしたちが、別《わか》れなければならないのは、運命《うんめい》なのね！　わたくしは、ぼうやのところへ、もどらなければなりません！」

「ぼくは、きっと、きみは、そうするだろうと思っていたんだ。」バーナードは、きっぱりといいました。「心の底《そこ》で、いつもそう感《かん》じていたんだ。さようなら、ミス・ビアンカ！」

「さようなら、バーナード、大好《だいす》きなバーナード！」

給仕《きゅうじ》さんは、ミス・ビアンカを、大使館《たいしかん》へつれていきました。みんなのよろこびようは、たいへんなものでした。そして、すぐに、銀《ぎん》のボンボン皿《ざら》にのせたクリームチーズがだされました。新しい大使《たいし》は、まにあわせのシーツにするようにと、じぶんの絹《きぬ》のハンカチをくれました。そして、ノルウェーへ送《おく》られるつぎの便《びん》のふくろのなかに、ミス・ビアンカの場所《ばしょ》が用意《ようい》されました。

こうして、バーナードとニルスとミス・ビアンカという、三びきの小さい勇士《ゆうし》の物語《ものがたり》は終《お》わります。

ニルスは、それから、かぞえきれないほどの冒険《ぼうけん》をかさねたのち、ぶじにノルウェーにつきました。そして、オスロで詩人《しじん》にあい、ごちそうを食べ、劇場《げきじょう》へいき、また、ごちそうを食べました。詩人《しじん》は、約束《やくそく》をわすれず、ミス・ビアンカについて美《うつく》しい詩《し》を書きました。そして、その詩《し》は、いくつかの詩集《ししゅう》におさめられました。

バーナードは、囚人《しゅうじん》友の会の有能《ゆうのう》な事務局長《じむきょくちょう》となり、みんなに尊敬《そんけい》され、幸《しあわ》せに暮《く》らしました。

ミス・ビアンカは、ぼうやのところにもどって、また、美《うつく》しいせとものの塔《とう》に住《す》み、幸《しあわ》せになりました。彼女《かのじょ》には、やはり、そんな暮《く》らしが、いちばんふさわしかったのです。

けれども、三びきは、おたがいのことを、けっしてわすれませんでした。そして、もちろん、くらやみ城《じょう》の冒険《ぼうけん》のことを！

ミス・ビアンカとのお食事《しょくじ》

三月のある日のこと、イギリスでの『ミス・ビアンカ』の出版社《しゅっぱんしゃ》であるハイネマン社の編集《へんしゅう》者《しゃ》のジュディス・エリオットさんといっしょに、マージェリー・シャープの自宅《じたく》に昼食に招《まね》かれました。ロンドンのグリーンパークというきれいな公園の近くにあるハイネマン社からタクシーで、にぎやかな表通《おもてどお》りを数分走ると、車は、とある角を折《お》れて、とつぜんひっそりしてしまった小路《こうじ》とも横町《よこちょう》ともつかぬ細い道にはいり、車寄《くるまよ》せにとまりました。まっ黒な箱型《はこがた》のタクシーをおりると、そこには、中央《ちゅうおう》の小道をはさんで、古いけれど手入れのゆきとどいた四、五階建《かいだ》ての白いアパート(ロンドンではフラットとよんでいます。)が、まるでだれも住《す》んでいないように静《しず》かにたっていました。ヒース首相《しゅしょう》の自宅《じたく》もここにあったというエリオットさんの話からも、格式《かくしき》の高いフラットであることが察《さっ》せられました。エリオットさんが、マージェリー・シャープのアパートの番号《ばんごう》をわすれてしまったので、管理人《かんりにん》にたずねているそのことばから、私《わたし》は、マージェリー・シャープの本名が、ミセス・カッスルであることを知りました。

三階《かい》のカッスル家のドアのノッカーをノックすると、なかからドアが開《ひら》かれ、ドアの内側《うちがわ》に、小柄《こがら》なきりりとした感《かん》じの婦人《ふじん》と、背《せ》の高いあごひげをはやした男性《だんせい》がにこやかに立って握手《あくしゅ》の手をさしのべていました。

ふたりは、中老《ちゅうろう》のご夫婦《ふうふ》でした。通された居間《いま》は、はなやかではありませんが、趣味《しゅみ》のよい古典的《こてんてき》なうるおいのある何か学者《がくしゃ》の家の居間《いま》を思わせるおちついた雰囲気《ふんいき》にみちていました。ご夫婦《ふうふ》とも、よく日に焼《や》けていて、カナリア島《とう》から帰ったばかりだと、そのわけをたのしそうに説明《せつめい》されました。ミセス・カッスルは、さっそく居間《いま》の書棚《しょだな》から『くらやみ城《じょう》の冒険《ぼうけん》』と『ダイヤの館《やかた》の冒険《ぼうけん》』をとりだしてきて、日本の出版社《しゅっぱんしゃ》の本造《づく》りの巧《たく》みさを、とてもうれしそうに話しました。「友人にイギリス生まれの日本人がいて、そのかたが『日本語のほん訳《やく》も、とてもたのしい』といっています。」と、私《わたし》のほん訳《やく》をほめられた時、たとえそれが社交辞令《しゃこうじれい》としても、ミス・ビアンカの社交辞令《しゃこうじれい》のうまさを思い出して、私《わたし》も、うれしくなりました。

昼食とはいえ、あのしゃれたミス・ビアンカの作者《さくしゃ》に招待《しょうたい》されたのだから食前酒《しょくぜんしゅ》や、ワインがでるかもしれないぞと、シャーンのように勝手《かって》な空想《くうそう》をして、もし、食前酒《しょくぜんしゅ》は、「何をめしあがりますか?」ときかれたら、たった一種類《しゅるい》だけ知っている「シェリーをいただきます。」と答えようと考えていたので、「トマトジュースか、シェリーのどちらがお好《す》きですか?」というミセス・カッスルのすすめに、迷《まよ》わず「シェリーをどうぞ。」と答えました。よく冷《ひ》えたシェリー酒《しゅ》をいただきながら、また話がはずみました。カッスルご夫婦《ふうふ》が、カナリア島《とう》で火山に登《のぼ》った話をすれば、私《わたし》は、停電《ていでん》ちゅうの美術館《びじゅつかん》や博物館《はくぶつかん》のうす闇《やみ》のなかで、エジプトのミイラや、恐竜《きょうりゅう》を見た話をしました。(私《わたし》たち家族《かぞく》がロンドンでの生活をはじめた最初《さいしょ》の一か月は、石炭《せきたん》ストで、ほとんど毎日停電《ていでん》していたのです。)

昼食は、別室《べっしつ》のダイニングルームでいただきました。この部屋《へや》も、壁《かべ》の一面《めん》には天井《てんじょう》まで書《しょ》棚《だな》に本がぎっしりつまり、窓側《まどがわ》でない両側《りょうがわ》の壁《かべ》には、中国風景《ふうけい》の壁紙《かべがみ》が貼《は》られていました。もうだいぶ年月がたって、ところどころにしみができていましたが、貼《は》りかえをするのが惜《お》しいのでということでした。お昼のディナーは、白ぶどう酒《しゅ》をいただきながら、サケの冷製《れいせい》に、コールドチキンに、サラダ(ポテトにトマトにウォータークレソン)。デザートは、チェダーチーズにブルーチーズにスポンジケーキ。

食事《しょくじ》をいただきながら、また話がはずみました。ミセス・カッスルは午前ちゅう、近所《きんじょ》のプールで泳《およ》いできたというのです。小柄《こがら》ながら健康《けんこう》そうな彼女《かのじょ》の秘密《ひみつ》かもしれません。

「近いうちに、テート美術館《びじゅつかん》の友の会の人達《たち》とソ連《れん》へ美術館《びじゅつかん》を見にまいります。そして、火山があったらまた登《のぼ》ります。」という彼女《かのじょ》に「日本にいらっしゃい。火山がたくさんありますよ。地震《じしん》のおまけもついています。」と私《わたし》がいうと大笑《おおわら》いになりました。

話は、ひょんなことからどろぼうの話になりました。ある日、彼女《かのじょ》が書斎《しょさい》で仕事《しごと》をしていると、玄関《げんかん》につづく居間《いま》で物音《ものおと》がするので、ご主人《しゅじん》が帰ってきたのかと思い声をかけると返事《へんじ》がない。おかしいなと思って居間《いま》に出てみると、わりあい身《み》なりのきちんとした青年が、まっ青な顔で立っている。「どろぼう！　だれか！」とさけぼうと思ったのが、何と口から出たことばが「何かお飲《の》みものでもさしあげましょうか？」というのです。すると、見つかったと思って緊張《きんちょう》していたどろぼう氏《し》「いいえ、けっこうです。いそいでおりますから。」と、そそくさとでていってしまったのだそうです。いかにもイギリス人らしいユーモアのあるやりとりではありませんか。そこで、私《わたし》は十三人の家族《かぞく》が、魚市場のマグロよろしく、ごろごろ寝《ね》ているところへしのびこんで腰《こし》を抜《ぬ》かしたどろぼうの話をしました。（私《わたし》の『寺町三丁目《ちょうめ》十一番地』のできごとです。）

たのしい会話のあいだに、ミス・ビアンカとバーナードとニルスが、詩人《しじん》を救出《きゅうしゅつ》したくらやみ城《じょう》のモデルはどこですかとたずねると、ロシアの荒涼《こうりょう》とした地形を空想《くうそう》しながら書いたという返事《へんじ》でした。ミス・ビアンカのシリーズに、ジェット機《き》やモーターボートやヘリコプターがでたりするのは、ご主人《しゅじん》のミスター・カッスルの影響《えいきょう》かもしれませんねという私《わたし》の問《と》いに、ジェット機《き》の設計技師《せっけいぎし》であるご主人《しゅじん》は、「はっはっ」とわらっただけでした。

会話のあいだに、日本の『ねずみの嫁入《よめい》り』や『ねずみ浄土《じょうど》』や、今年が十二支《じゅうにし》のねずみの年であることを思いだして、『日本へきたミス・ビアンカ』の巻《かん》を書いたらいかがですかとすすめると、とても残念《ざんねん》そうに、ミス・ビアンカの物語《ものがたり》は、第《だい》七巻《かん》で終《お》わりましたという答えでした。「ミス・ビアンカは結婚《けっこん》するのですか?」とうかがうと、「それは、本ができるまでのおたのしみにどうぞ。」と、やわらかくはぐらかされてしまいました。この最終巻《さいしゅうかん》の原稿《げんこう》は、もう出版社《しゅっぱんしゃ》にとどけられているのです。

食後には、小さなデミタスのカップでコーヒーをいただきました。

もう一度《いちど》お目にかかることを約束《やくそく》して静《しず》かなお宅《たく》を去《さ》りました。小路《こうじ》から表通《おもてどお》りにでて、あたりをよく見回すと、なんとその通りは、ロンドンでいちばんにぎやかなピカデリー通りだったのには、おどろきました。歩きだした私《わたし》は、「あっ」と声をあげました。大事《だいじ》な大事《だいじ》なことを聞き忘《わす》れてしまったのです。ミス・ビアンカは本当にいたのでしょうか? それに、バーナードは? ニルスは?

なにか、私《わたし》は、ミス・ビアンカと食事《しょくじ》をしていたような錯覚《さっかく》をもってしまったのです。すると、あの背《せ》の高いご主人《しゅじん》が、もしかすると、バーナードでは?

私《わたし》は、夕暮《ゆうぐ》れのロンドンの町を、くびをふりふりピカデリー・サーカスの地下鉄《ちかてつ》入口にむかいました。

一九七二年三月十五日　ロンドンにて

渡辺茂男《わたなべしげお》

＊　冒頭の「日本のみなさまへ」と「ミス・ビアンカとのお食事」は、一九七二年刊の『古塔のミス・ビアンカ』(岩波少年文庫では『ミス・ビアンカ　ひみつの塔の冒険』として刊行予定)のためにお書きいただいたものを再録しました。　——編集部

「ミス・ビアンカ」シリーズについて

渡《わた》辺《なべ》鉄《てっ》太《た》
（子どもの本の翻訳家・作家、渡辺茂男の長男）

「ミス・ビアンカ」シリーズ（原題《げんだい》 *The Rescuers Series*）を書いたマージェリー・シャープ（一九〇五―一九九一）はイギリスの作家です。シャープは大人の小説《しょうせつ》もたくさん書いた作家ですが、児童《じどう》文学としては、「ミス・ビアンカ」シリーズが一番有名《ゆうめい》です。

シャープは、イギリスのソールズベリーに生まれ、子ども時代《じだい》の何年かは、地中海のマルタで過《す》ごしました。高校時代《じだい》はイギリスに戻《もど》り、ロンドン大学を卒業《そつぎょう》したころから「パンチ」などの有名《ゆうめい》な雑誌《ざっし》に作品《さくひん》が載《の》り始《はじ》めました。その後も順調《じゅんちょう》に作家としての道を歩み、やがてブロードウェイ劇《げき》やハリウッド映画《えいが》にも取《と》りあげられるようになります。

「ミス・ビアンカ」シリーズの一巻《かん》目『くらやみ城《じょう》の冒険《ぼうけん》』は、一九五九年に登場《とうじょう》しました。シャープはこれを大人の読者《どくしゃ》のために書いたと言われています。ところが、すぐに子どもたちの間でたいへん評判《ひょうばん》になったそうです。その成功《せいこう》の裏《うら》には、子どもの本の画家として有名《ゆうめい》なガース・ウィリアムズ（一九一二―一九九六）がさし絵を描《えが》いたということもあったかもしれません。

このシリーズは、ミス・ビアンカという美《うつく》しい白ねずみと、その友達《ともだち》のねずみバーナードの冒険物語《ぼうけんものがたり》です。原作には九つの作品《さくひん》があり、第《だい》一巻《かん》『くらやみ城《じょう》の冒険《ぼうけん》』から第《だい》九巻《かん》の『バーナードの戦《たたか》い』(未《み》邦訳《ほうやく》)まで、足かけ二十年近くに渡《わた》って書かれました。日本では、そのうちの七巻《かん》までが渡辺茂男《わたなべしげお》によって訳《やく》されて岩波書店から刊行《かんこう》されています。(「ミス・ビアンカとのお食事《しょくじ》」によると、シャープは第《だい》七巻《かん》で最後《さいご》と訳者《やくしゃ》に話していましたが、そののち第《だい》八巻《かん》*Bernard the Brave*(『勇敢《ゆうかん》なるバーナード』一九七七年)と第《だい》九巻《かん》*Bernard into Battle*(『バーナードの戦《たたか》い』一九七八年)の二つの作品《さくひん》を書きました。七巻《かん》まではミス・ビアンカが主人公《しゅじんこう》で、最後《さいご》の二巻《かん》はバーナードが主人公《しゅじんこう》です。いずれも未《み》邦訳《ほうやく》。)このたび、最初《さいしょ》の三作品《さくひん》『くらやみ城《じょう》の冒険《ぼうけん》』『ダイヤの館《やかた》の冒険《ぼうけん》』『ひみつの塔《とう》の冒険《ぼうけん》』が岩波少年文庫に仲間《なかま》入《い》りすることになりました。

　主人公《しゅじんこう》のミス・ビアンカは、大使《たいし》館《かん》のせとものの塔《とう》に住《す》んでいます。せとものの塔《とう》は、大使《たいし》の息子《むすこ》の部屋《へや》の鳥かごの中にあります。ミス・ビアンカは、大使《たいし》の息子《むすこ》の親友で、肩《かた》に坐《すわ》って、算数や地理や理科の勉強《べんきょう》を助《たす》けたりもします。また、大使《たいし》の家族《かぞく》と一緒《いっしょ》に外国に出かけたり、社交的《しゃこうてき》なパーティにも出席《しゅっせき》したりします。趣味《しゅみ》は、ハープをつま弾《び》いたり、有名《ゆうめい》な古典《こてん》文学の一節《いっせつ》を暗唱《あんしょう》したり、詩《し》を書いたりすることで、詩集《ししゅう》まで出版《しゅっぱん》しています。そして、毎日銀《ぎん》の皿《さら》に盛《も》られたクリームチーズを食べます。彼女《かのじょ》は、上流《じょうりゅう》社会に属《ぞく》する、満《み》ち足《た》りた生活の幸《しあわ》せなねずみだと言えます。こういう立場のねずみは、ともすれば世間知《せけんし》らずで、ぜいたく好《ず》きのわがままと思われても仕方《しかた》ないかもしれません。

ところが、ミス・ビアンカにはそういう欠点《けってん》が一切《いっさい》ありません。彼女《かのじょ》は、美《うつく》しくて聡明《そうめい》であるばかりでなく、思いやりがあって、勇敢《ゆうかん》で、正義感《せいぎかん》にあふれています。

そのミス・ビアンカは、くらやみ城《じょう》での冒険《ぼうけん》ののちに、ねずみ達《たち》が結成《けっせい》している団体《だんたい》「囚《しゅう》人《じん》友の会」の婦人議長《ふじんぎちょう》に選《えら》ばれます。囚人《しゅうじん》友の会とは、世界中《せかいじゅう》の刑務所《けいむしょ》などに閉《と》じこめられている哀《あわ》れな人たちをなぐさめる、ねずみたちの歴史《れきし》ある組織《そしき》です。（昔《むかし》から、囚人《しゅうじん》とねずみは友達《ともだち》ではありませんか。）ところが、ミス・ビアンカは囚人《しゅうじん》をなぐさめるだけではなく、絶対《ぜったい》侵入不可能《しんにゅうふかのう》な牢獄《ろうごく》から助《たす》け出すのです。

一方、友人のバーナードは、高貴《こうき》なミス・ビアンカとちがって、料理部屋育《りょうりべやそだ》ちの普通《ふつう》の褐色《かっしょく》のねずみです。ところが、バーナードは美《うつく》しいミス・ビアンカに首ったけ、一日に一度《ど》か二度《ど》はミス・ビアンカのせとものの塔《とう》を訪《おとず》れ、彼女《かのじょ》とのおしゃべりを楽しみます。バーナードは、囚人《しゅうじん》友の会の事務局長《じむきょくちょう》を務《つと》め、その仕事《しごと》ぶりは几帳面《きちょうめん》ですが、あくまで実務的《じつむてき》で無骨《ぶこつ》です。時にはミス・ビアンカを真似《まね》して詩《し》を書いたりしますが、残念《ざんねん》ながらバーナードに芸術面《げいじゅつめん》の才《さい》能《のう》はないと言ってもいいかもしれません。そんなバーナードですが、囚人救出作戦《しゅうじんきゅうしゅつさくせん》となれば、優秀《ゆうしゅう》な参謀《さんぼう》として計画を練《ね》り、闘《たたか》う時は非常《ひじょう》に勇敢《ゆうかん》で、見事《みごと》にミス・ビアンカを助《たす》けます。

一巻目《かん》『くらやみ城《じょう》の冒険《ぼうけん》』では、地の果《は》てのくらやみ城《じょう》から、ノルウェー人の詩人《しじん》を救《きゅう》出《しゅつ》します。この巻《かん》ではバーナードだけでなく、ノルウェーの船乗《ふなの》りねずみ、ニルスが大活躍《だいかつやく》します。

二巻目《かん》『ダイヤの館《やかた》の冒険《ぼうけん》』では、魔女《まじょ》のような大公妃《たいこうひ》が所有《しょゆう》する不気味《ぶきみ》なダイヤの館《やかた》から、少女ペイシェンスを救《すく》い出します。

三巻目《かん》『ひみつの塔《とう》の冒険《ぼうけん》』では、ミス・ビアンカの救済《きゅうさい》の手は悪者《わるもの》にまで差《さ》しのべられます。もちろんくわしくは読んでのお楽しみ！

こんな風に、この冒険物語《ぼうけんものがたり》では、ミス・ビアンカという魅力的《みりょくてき》な主人公《しゅじんこう》を中心に、ハラハラドキドキの波乱万丈《はらんばんじょう》のサスペンスが繰《く》り広《ひろ》げられ、巻《かん》を追《お》うごとに、救出劇《きゅうしゅつげき》は困難《こんなん》をきわめていきます。訳者《やくしゃ》の渡辺茂男《わたなべしげお》は、イギリス児童《じどう》文学のお家芸《いえげい》である動物《どうぶつ》ファンタジーの好例《こうれい》としながら、その魅力《みりょく》をこう紹介《しょうかい》しています。

「第《だい》一の特徴《とくちょう》は、登場人物《とうじょうじんぶつ》――主人公《しゅじんこう》は、ねずみですが――が、じつに個性的《こせいてき》なことです。第《だい》二の特徴《とくちょう》は、だれにもまねのできないような大胆《だいたん》な発想《はっそう》と、物語《ものがたり》の、劇的《げきてき》な構成《こうせい》です。第《だい》三の特徴《とくちょう》は、すぐれたリアルな表現力《ひょうげんりょく》です。ある批評家《ひひょうか》は、『彼女《かのじょ》の表現《ひょうげん》は、ジェイン・

オースティン(有名《ゆうめい》な女流文学者《じょりゅうぶんがくしゃ》)が、もし子どもの文学を書いたら、きっとこのように書くだろうと思わせるほど、微妙《びみょう》で克明《こくめい》です。』と、ほめています。

第《だい》四の特徴《とくちょう》は、ユーモアと風刺《ふうし》です。それが、幼《おさな》い子どもには、少しむずかしすぎるという批評家《ひひょうか》もありますが、また別《べつ》の批評家《ひひょうか》は、それだからこそ、子どもばかりでなく、大人の読者《どくしゃ》もおなじようにたのしませてくれるのだといっています。」(『くらやみ城の冒険』「訳者《やくしゃ》のことば」渡辺茂男訳、岩波書店刊、一九八七年)

訳者《やくしゃ》も、マージェリー・シャープに負《ま》けずに、二〇年以上《いじょう》の歳月《さいげつ》をかけてこのシリーズを訳《やく》しました。最初《さいしょ》の『くらやみ城《じょう》の冒険《ぼうけん》』を一九六七年に訳《やく》し、七巻《かん》目『さいごの冒険《ぼうけん》』を一九八八年に出《だ》しています。渡辺茂男《わたなべしげお》は、シャープの格調《かくちょう》のある文章《ぶんしょう》を、その風刺《ふうし》、シャレ、ウイットまで、微妙《びみょう》なニュアンスをたくみに滑《なめ》らかな日本語にしています。ただし、続《つづ》きの巻《かん》を待《ま》ちきれずに自分で訳《やく》し始《はじ》めたファンの方などもいたりして、父は「参《まい》ったなあ、読者《どくしゃ》に先を越《こ》されたんじゃ、プロの名折《なお》れだ」などと、プレッシャーをかけられたこともありました。

そんな訳者《やくしゃ》の息子《むすこ》である私《わたし》は、幸《さいわ》いにもこのシリーズを読んで大きくなりました。六巻《かん》と七巻《かん》は読むだけでなく、駆《か》け出しの英語教員《えいごきょういん》だった私《わたし》は、父の下訳《したやく》を手《て》伝《つだ》った思い出もあります。もちろん、私《わたし》の下訳《したやく》はすっかり父に訂正《ていせい》されてから編集者《へんしゅうしゃ》の手に渡《わた》りましたが。

また、その頃我《ころわ》が家《や》にいた白猫《しろねこ》は、「ビアンカ」という名前を授《さず》かり、父にもかわいがられていました。いつだったたか、そのビアンカが二週間ほどいなくなったことがありましたが、もしかしたら囚人《しゅうじん》友の会の救出行《きゅうしゅつこう》に参加《さんか》していたのかもしれません！

「ミス・ビアンカ」シリーズは、サスペンスの要素《ようそ》がたっぷり入ったエンターテイメントであるだけでなく、味《あじ》わい深《ぶか》い文学でもあります。文中には、ちょっと懐《なつ》かしい時代《じだい》のイギリスやヨーロッパの風物《ふうぶつ》もたっぷり描《えが》かれています。だから、子どもだけでなく、大人の女性《じょせい》や男性《だんせい》でも、誰《だれ》でも楽しめる物語《ものがたり》です。イギリス児童《じどう》文学には『ナルニア国物語《ものがたり》』や『ホビットの冒険《ぼうけん》』、『クマのプーさん』や「ドリトル先生」シリーズなど、素晴《すば》らしい作品《さくひん》がたくさんありますが、「ミス・ビアンカ」も、それらに並《なら》ぶ五つ星級《きゅう》の物語《ものがたり》であることはまちがいないでしょう。

どうか、心ゆくまでこのシリーズをお楽しみくださいい。

二〇一六年三月

訳者　渡辺茂男（1928-2006）
静岡市生まれ。慶應義塾大学卒業。米国ウェスタン・リザーブ大学大学院修了後，ニューヨーク公共図書館に勤務。創作に『しょうぼうじどうしゃじぷた』『もりのへなそうる』『寺町三丁目十一番地』，翻訳に『かもさんおとおり』『すばらしいとき』『エルマーのぼうけん』「モファットきょうだい物語」シリーズなど，著訳書多数。

ミス・ビアンカ　くらやみ城の冒険　　岩波少年文庫 233

2016 年 5 月 17 日　第 1 刷発行
2022 年 5 月 25 日　第 2 刷発行

訳　者　渡辺茂男《わたなべしげお》

発行者　坂本政謙

発行所　株式会社 岩波書店
〒101-8002 東京都千代田区一ツ橋 2-5-5
電話案内 03-5210-4000
https://www.iwanami.co.jp/

印刷製本・法令印刷　カバー・半七印刷

ISBN 978-4-00-114233-4　　Printed in Japan
NDC 933　256 p.　18 cm

岩波少年文庫創刊五十年――新版の発足に際して

心躍る辺境の冒険、海賊たちの不気味な唄、垣間みる大人の世界への不安、魔法使いの老婆が棲む深い森、無垢の少年たちの友情と別離……幼少期の読書の記憶の断片は、個個人のその後の人生のさまざまな局面で、あるときは勇気と励ましを与え、またあるときは孤独への慰めともなり、意識の深層に蔵され、原風景として消えることがない。

岩波少年文庫は、今を去る五十年前、敗戦の廃墟からたちあがろうとする子どもたちに海外の児童文学の名作を原作の香り豊かな平明正確な翻訳として提供する目的で創刊された。幸いにして、新しい文化を渇望する若い人びとをはじめ両親や教育者たちの広範な支持を得ることができ、三代にわたって読み継がれ、刊行点数も三百点を超えた。

時は移り、日本の子どもたちをとりまく環境は激変した。自然は荒廃し、物質的な豊かさを追い求めた経済の成長は子どもの精神世界を分断し、学校も家庭も変貌を余儀なくされた。いまや教育の無力さえ声高に叫ばれる風潮であり、多様な新しいメディアの出現も、かえって子どもたちを読書の楽しみから遠ざける要素となっている。

しかし、そのような時代であるからこそ、歳月を経てなおその価値を減ぜず、国境を越えて人びとの生きる糧となってきた書物に若い世代がふれることは、彼らが広い視野を獲得し、新しい時代を拓いてゆくために必須の条件であろう。ここに装いを新たに発足する岩波少年文庫は、創刊以来の方針を堅持しつつ、新しい海外の作品にも目を配るとともに、既存の翻訳を見直し、さらに、美しい現代の日本語で書かれた文学作品や科学物語、ヒューマン・ドキュメントにいたる、読みやすいすぐれた著作も幅広く収録してゆきたいと考えている。

幼いころからの読書体験の蓄積が長じて豊かな精神世界の形成をうながすとはいえ、読書は意識して習得すべき生活技術の一つでもある。岩波少年文庫は、その第一歩を発見するために、子どもとかつて子どもだったすべての人びとにひらかれた書物の宝庫となることをめざしている。

（二〇〇〇年六月）

岩波少年文庫

001 星の王子さま
サン＝テグジュペリ作／内藤 濯訳

002 長い長いお医者さんの話
チャペック作／中野好夫訳

003 ながいながいペンギンの話
いぬい とみこ作

004 グレイ・ラビットのおはなし
079 西風のくれた鍵
119 氷の花たば
アトリー作／石井桃子、中川李枝子訳

005~7 アンデルセン童話集 1~3
大畑末吉訳

008 クマのプーさん
009 プー横丁にたった家
A・A・ミルン作／石井桃子訳

010 注文の多い料理店
―イーハトーヴ童話集
011 風の又三郎
012 銀河鉄道の夜
宮沢賢治作

013 かもとりごんべえ
―ゆかいな昔話50選
稲田和子編

014 長くつ下のピッピ
015 ピッピ船にのる
016 ピッピ 南の島へ
080 ミオよ わたしのミオ
085 はるかな国の兄弟
092 山賊のむすめローニャ
128 やかまし村の子どもたち
129 やかまし村の春・夏・秋・冬

130 やかまし村はいつもにぎやか
リンドグレーン作／大塚勇三訳

105 さすらいの孤児ラスムス
121 名探偵カッレくん
122 カッレくんの冒険
123 名探偵カッレとスパイ団
222 わたしたちの島で
リンドグレーン作／尾崎 義訳

194 おもしろ荘の子どもたち
195 川のほとりのおもしろ荘
210 エーミルはいたずらっ子
211 エーミルとクリスマスのごちそう
212 エーミルの大すきな友だち
リンドグレーン作／石井登志子訳

▷書名の上の番号：001～ 小学生から，501～ 中学生から

岩波少年文庫

049 少年の魔法のつのぶえ
—ドイツのわらべうた
ブレンターノ、アルニム編
矢川澄子、池田香代子訳

050 クローディアの秘密
084 魔女ジェニファとわたし
140 ベーグル・チームの作戦
149 ぼくと〈ジョージ〉
カニグズバーグ作／松永ふみ子訳

051 ティーパーティーの謎
056 エリコの丘から
061 800番への旅
カニグズバーグ作
金原瑞人、小島希里訳

052 風にのってきたメアリー・ポピンズ
053 帰ってきたメアリー・ポピンズ

054 とびらをあけるメアリー・ポピンズ
055 公園のメアリー・ポピンズ
トラヴァース作／林　容吉訳

057 わらしべ長者—日本民話選
木下順二作／赤羽末吉画

058・9 ホビットの冒険　上下
トールキン作／瀬田貞二訳

062 床下の小人たち
063 野に出た小人たち
064 川をくだる小人たち
065 空をとぶ小人たち
ノートン作／林　容吉訳

066 小人たちの新しい家
076 空とぶベッドと魔法のほうき
ノートン作／猪熊葉子訳

067 人形の家
ゴッデン作／瀬田貞二訳

068 よりぬきマザーグース
谷川俊太郎訳／鷲津名都江編

069 木はえらい
—イギリス子ども詩集
谷川俊太郎、川崎　洋編訳

070 ぼっぺん先生の日曜日
071 ぼっぺん先生と帰らずの沼
100 ぼっぺん先生と笑うカモメ号
146 雨の動物園—私の博物誌
舟崎克彦作

072 森は生きている
マルシャーク作／湯浅芳子訳

073 ピーター・パン
J・M・バリ作／厨川圭子訳

▷書名の上の番号：001〜 小学生から，501〜 中学生から

岩波少年文庫

075 クルミわりとネズミの王さま　ホフマン作／上田真而子訳
077 ピノッキオの冒険　コッローディ作／杉浦明平訳
078 肥後の石工
132 浦上の旅人たち　今西祐行作
081 クジラがクジラになったわけ　テッド・ヒューズ作／河野一郎訳
082 ムギと王さま—本の小べや1
083 天国を出ていく—本の小べや2　ファージョン作／石井桃子訳
086 ぼくがぼくであること　山中　恒作

088 ほんとうの空色　バラージュ作／徳永康元訳
089 ネギをうえた人—朝鮮民話選　金素雲編

090・1 アラビアン・ナイト 上下　ディクソン編／中野好夫訳
093・4 トム・ソーヤーの冒険 上下　マーク・トウェイン作／石井桃子訳
095 マリアンヌの夢　キャサリン・ストー作／猪熊葉子訳
096 けものたちのないしょ話—中国民話選　君島久子編訳
097 あしながおじさん　ウェブスター作／谷口由美子訳
098 ごんぎつね　新美南吉作
099 たのしい川べ　ケネス・グレーアム作／石井桃子訳

101 みどりのゆび　ドリュオン作／安東次男訳
102 少女ポリアンナ

103 ポリアンナの青春　エリナー・ポーター作／谷口由美子訳
143 ぼく、デイヴィッド　エリナー・ポーター作／中村妙子訳
104 月曜日に来たふしぎな子　ジェイムズ・リーブズ作／神宮輝夫訳
106・7 ハイジ 上下　シュピリ作／上田真而子訳
108 お姫さまとゴブリンの物語
109 カーディとお姫さまの物語
133 かるいお姫さま
227・8 北風のうしろの国 上下　マクドナルド作／脇　明子訳
110・1 思い出のマーニー 上下　ロビンソン作／松野正子訳

▷書名の上の番号：001〜 小学生から，501〜 中学生から

岩波少年文庫

112 オズの魔法使い　フランク・ボーム作／幾島幸子訳
113 ペロー童話集　天沢退二郎訳
114 フランダースの犬　ウィーダ作／野坂悦子訳
115 元気なモファットきょうだい
116 ジェーンはまんなかさん
117 すえっ子のルーファス　エスティス作／渡辺茂男訳
118 モファット博物館　エスティス作／松野正子訳
120 青い鳥　メーテルリンク作／末松氷海子訳
124・5 秘密の花園 上下　バーネット作／山内玲子訳
162・3 消えた王子 上下　バーネット作／中村妙子訳
209 小公子
216 小公女　バーネット作／脇　明子訳

126 太陽の東 月の西　アスビョルンセン編／佐藤俊彦訳
127 モ　モ　ミヒャエル・エンデ作／大島かおり訳
207 ジム・ボタンの機関車大旅行
208 ジム・ボタンと13人の海賊　エンデ作／上田真而子訳
131 星の林に月の船 ―声で楽しむ和歌・俳句　大岡　信編
134 小さい牛追い
135 牛追いの冬　ハムズン作／石井桃子訳
136・7 とぶ船 上下　ヒルダ・ルイス作／石井桃子訳

139 ジャータカ物語 ―インドの古いおはなし　辻　直四郎、渡辺照宏訳
142 まぼろしの白馬　エリザベス・グージ作／石井桃子訳
144 きつねのライネケ　ゲーテ作／上田真而子編訳　小野かおる画
145 風の妖精たち　ド・モーガン作／矢川澄子訳
147・8 グリム童話集 上下　佐々木田鶴子訳／出久根育絵
150 あらしの前
151 あらしのあと　ドラ・ド・ヨング作／吉野源三郎訳
152 北のはてのイービク　フロイゲン作／野村　泫訳
153 美しいハンナ姫　ケンジョジーナ作／マルコーラ絵／足達和子訳

▷書名の上の番号：001〜 小学生から，501〜 中学生から

岩波少年文庫

154 シュトッフェルの飛行船
エーリカ・マン作／若松宣子訳

155 オタバリの少年探偵たち
セシル・デイ＝ルイス作／脇　明子訳

156・7 ふたごの兄弟の物語 上下
214・5 七つのわかれ道の秘密 上下
トンケ・ドラフト作／西村由美訳

158 マルコヴァルドさんの四季
カルヴィーノ作／関口英子訳

159 ふくろ小路一番地
ガーネット作／石井桃子訳

160 指ぬきの夏
201 土曜日はお楽しみ
エンライト作／谷口由美子訳

161 黒ねこの王子カーボネル
バーバラ・スレイ作／山本まつよ訳

164 ふしぎなオルガン
レアンダー作／国松孝二訳

165 りこうすぎた王子
ラング作／福本友美子訳

166 青矢号 おもちゃの夜行列車
200 チポリーノの冒険
213 兵士のハーモニカ
―ロダーリ童話集
ロダーリ作／関口英子訳

〈アーミテージ一家のお話1〜3〉
167 おとなりさんは魔女
168 ねむれなければ木にのぼれ

169 ゾウになった赤ちゃん
エイキン作／猪熊葉子訳

〈ランサム・サーガ〉
170・1 ツバメ号とアマゾン号 上下
172・3 ツバメの谷 上下
174・5 ヤマネコ号の冒険 上下
176・7 長い冬休み 上下
178・9 オオバンクラブ物語 上下
180・1 ツバメ号の伝書バト 上下
182・3 海へ出るつもりじゃなかった 上下
184・5 ひみつの海 上下
186・7 六人の探偵たち 上下
188・9 女海賊の島 上下
190・1 スカラブ号の夏休み 上下
192・3 シロクマ号となぞの鳥 上下
ランサム作／神宮輝夫訳

▷書名の上の番号：001〜 小学生から，501〜 中学生から

岩波少年文庫

196 ガラガラヘビの味 —アメリカ子ども詩集
アーサー・ビナード、木坂 涼編訳

197 ぼんぼん
今江祥智作

198 くろて団は名探偵
ハンス・ユルゲン・プレス作／大社玲子訳

199 バンビ —森の、ある一生の物語
ザルテン作／上田真而子訳

202 アーベルチェの冒険
203 アーベルチェとふたりのラウラ
シュミット作／西村由美訳

204 バレエものがたり
ジェラス作／神戸万知訳

205 ピッグル・ウィッグルおばさんの農場
ベティ・マクドナルド作／小宮 由訳

206 カイウスはばかだ
ウィンターフェルト作／関 楠生訳

217 リンゴの木の上のおばあさん
ローベ作／塩谷太郎訳

218・9 若草物語 上下
オルコット作／海都洋子訳

220 みどりの小鳥—イタリア民話選
カルヴィーノ作／河島英昭訳

221 ゾウの鼻が長いわけ —キプリングのなぜなぜ話
キプリング作／藤松玲子訳

225 ジャングル・ブック
キプリング作／三辺律子訳

223 大力のワーニャ
プロイスラー作／大塚勇三訳

224 からたちの花がさいたよ —北原白秋童謡選
与田準一編

226 大きなたまご
バターワース作／松岡享子訳

229 お静かに、父が昼寝しております —ユダヤの民話
母袋夏生編訳

230 イワンとふしぎなこうま
エルショーフ作／浦 雅春訳

233 ミス・ビアンカ くらやみ城の冒険
234 ミス・ビアンカ ダイヤの館の冒険
235 ミス・ビアンカ ひみつの塔の冒険
シャープ作／渡辺茂男訳

▷書名の上の番号：001～ 小学生から，501～ 中学生から

岩波少年文庫

501・2 はてしない物語 上下
エンデ作／上田真而子、佐藤真理子訳

503~5 モンテ・クリスト伯 上中下
デュマ作／竹村 猛編訳

561・2 三 銃 士 上下
デュマ作／生島遼一訳

506 ドン・キホーテ
セルバンテス作／牛島信明編訳

507 聊斎志異《りょうさいしい》
蒲松齢作／立間祥介編訳

508 古事記物語
福永武彦作

509 羅生門《らしょうもん》 杜子春《とししゅん》
芥川龍之介作

510 科学と科学者のはなし
—寺田寅彦エッセイ集

555 雪は天からの手紙
—中谷宇吉郎エッセイ集
池内 了編

511 農場にくらして
アトリー作／上條由美子、松野正子訳

512 波 紋
リンザー作／上田真而子訳

513・4 ファーブルの昆虫記 上下
大岡 信編訳

〈ローラ物語・全5冊〉

515 長 い 冬

516 大草原の小さな町

517 この楽しき日々

518 はじめの四年間

519 わが家への道—ローラの旅日記
ワイルダー作／谷口由美子訳

520 あのころはフリードリヒがいた

567 ぼくたちもそこにいた

571 若い兵士のとき
リヒター作／上田真而子訳

521 シャーロック・ホウムズ
まだらのひも

522 シャーロック・ホウムズ
最後の事件

523 シャーロック・ホウムズ
空き家の冒険

524 バスカーヴィル家の犬
ドイル作／林 克己訳

525 怪盗ルパン

526 ルパン対ホームズ

527 奇 岩 城
モーリス・ルブラン作／榊原晃三訳

528 宝 島

552 ジーキル博士とハイド氏
スティーヴンスン作／海保眞夫訳

529 イワンのばか
トルストイ作／金子幸彦訳

530 タイムマシン
H・G・ウェルズ作／金原瑞人訳

▷書名の上の番号：001～ 小学生から，501～ 中学生から

岩波少年文庫

531 時の旅人
アトリー作／松野正子訳

532〜4 三 国 志 上中下
羅貫中作／小川環樹、武部利男編訳

535 山椒魚 しびれ池のカモ
井伏鱒二作

536・7 レ・ミゼラブル 上下
ユーゴー作／豊島与志雄編訳

538 ガリヴァー旅行記
スウィフト作／中野好夫訳

539 最後のひと葉
オー・ヘンリー作／金原瑞人訳

540 一握の砂 悲しき玩具
石川啄木作

541〜3 水 滸 伝 上中下
施耐庵作／松枝茂夫編訳

544・5 リンゴ畑のマーティン・ピピン 上下
ファージョン作／石井桃子訳

546 シェイクスピア物語
ラム作／矢川澄子訳

547〜9 西 遊 記 上中下
呉承恩作／伊藤貴麿編訳

550 北欧神話
P・コラム作／尾崎 義訳

551 クリスマス・キャロル
ディケンズ作／脇 明子訳

553 走れメロス 富嶽百景
太宰 治作

554 坊っちゃん
夏目漱石作

556 モルグ街の殺人事件
E・A・ポー作／金原瑞人訳

557・8 ロビン・フッドのゆかいな冒険 1・2
パイル作／村山知義、村山亜土訳

559・60 見習い物語 上下
ガーフィールド作／斉藤健一訳

563 雪女 夏の日の夢
ハーン作／脇 明子訳

564 台所のおと みそっかす
幸田 文作／青木奈緒編

565 灰色の畑と緑の畑
ヴェルフェル作／野村 泫訳

566 ロビンソン・クルーソー
デフォー作／海保眞夫訳

568 今昔ものがたり
杉浦明平

569 宇治拾遺ものがたり
川端善明

570 太陽の戦士

579 第九軍団のワシ

▷書名の上の番号：001〜 小学生から，501〜 中学生から

岩波少年文庫

580 銀の枝
586 辺境のオオカミ
594 運命の騎士
595・6 王のしるし 上下
ローズマリ・サトクリフ作／猪熊葉子訳

572・3 海底二万里 上下
603・4 二年間の休暇 上下
ジュール・ヴェルヌ作／私市保彦訳

574・5 王への手紙 上下
577・8 白い盾の少年騎士 上下
トンケ・ドラフト作／西村由美訳

576 おとぎ草子
大岡 信

583・4 ジーンズの少年十字軍 上下
テア・ベックマン作／西村由美訳

585 ぼくたちの船タンバリ
プルードラ作／上田真而子訳

588 影との戦い ゲド戦記1
589 こわれた腕環 ゲド戦記2

590 さいはての島へ ゲド戦記3
591 帰還 ゲド戦記4
592 ドラゴンフライ ゲド戦記5
—アースシーの五つの物語
593 アースシーの風 ゲド戦記6
ル＝グウィン作／清水真砂子訳

597〜601 フランバーズ屋敷の人びと1〜5
1 愛の旅だち
2 雲のはて
3 めぐりくる夏
4・5 愛ふたたび 上下
K・M・ペイトン作／掛川恭子訳

602 八月の暑さのなかで
—ホラー短編集
605 南から来た男
—ホラー短編集2
金原瑞人編訳

613 最初の舞踏会
—ホラー短編集3
平岡 敦編訳

606・7 旧約聖書物語 上下
ウォルター・デ・ラ・メア／阿部知二訳

608 足音がやってくる
マーガレット・マーヒー作／青木由紀子訳

609 めざめれば魔女
マーガレット・マーヒー作／清水真砂子訳

610 ホメーロスの イーリアス物語
611・2 ホメーロスの オデュッセイア物語 上下
ピカード作／高杉一郎訳

614 走れ、走って逃げろ
オルレブ作／母袋夏生訳

615・6 少年キム 上下
キプリング作／三辺律子訳

617 古森のひみつ
ブッツァーティ作／川端則子訳

＊

別冊 なつかしい本の記憶
—岩波少年文庫の50年
岩波書店編集部編

▷書名の上の番号：001〜 小学生から，501〜 中学生から

ドリトル先生物語全集

ヒュー・ロフティング作／井伏鱒二訳

全12巻

動物のことばを話せるドリトル先生が、オウムのポリネシアや犬のジップたちとくりひろげる、楽しい物語。作者自身の描いたたくさんの挿絵もゆかいです。

1 ドリトル先生アフリカゆき
2 ドリトル先生航海記
3 ドリトル先生の郵便局
4 ドリトル先生のサーカス
5 ドリトル先生の動物園
6 ドリトル先生のキャラバン
7 ドリトル先生と月からの使い
8 ドリトル先生月へゆく
9 ドリトル先生月から帰る
10 ドリトル先生と秘密の湖
11 ドリトル先生と緑のカナリア
12 ドリトル先生の楽しい家

菊判・上製函入・平均310頁

岩波書店